C000052858

Dianna M. Marquès

La chica del trébol amarillo

LA CHICA DEL TRÉBOL AMARILLO
©Dianna M. Marquès

Corrección: Israel Collado
Diseño de cubierta: Dianna M. Marquès
Maquetación: Dianna M. Marquès

Primera edición: Septiembre de 2023 AMAZON

Para Olga.
Gracias por enseñarme que cuando uno se muestra vulnerable puede recibir un amor maravilloso de sus seres queridos porque, a veces, está bien no estar bien.

1

Sage

Los oscuros ojos de él se fijaron en los míos. Podía oler el alcohol en su aliento y sus pupilas dilatadas no dejaban lugar a dudas de que estaba drogado.

Mi cuerpo no podía dejar de temblar pero no podía moverme, presa del horror que estaba viendo, aterrorizada del crimen que él acababa de cometer.

—¿Pero qué has hecho? —sollocé mientras mis manos temblaban.

A nuestro alrededor todo estaba cubierto de sangre. Mucha sangre. El colchón, la manta, las paredes de la vieja furgoneta donde estábamos.

Él pareció recobrar un poco la cordura y me abrazó por la espalda, como si quisiera pedirme perdón.

Bajé la mirada para ver sus fibrados brazos tatuados rodeándome como dos serpientes a punto de estrangular a su presa. Pero yo no tenía fuerzas para moverme. Para escapar.

La escena que estaban viendo mis ojos era demasiado aterradora y me había sumido en un estado de shock absoluto.

Miré mis manos cubiertas de sangre y entonces grité mientras forcejeaba con su agarre:

—¡¿Qué le has hecho?! —sollocé—. ¡Lo has matado!

Me incorporé en la cama justo en el momento en el que un ahogado grito se escapaba de mi adormecida garganta.

Otra vez la misma pesadilla.

Con movimientos lentos, me senté en el borde de mi cama y respiré varias veces hasta que mi pulso volvió a la normalidad. No era muy frecuente que soñara con mi pasado, pero cuando lo hacía me sumergía en un estado de ansiedad tan intenso que me obligaba a usar todo mi coraje para calmarme.

Miré la hora en la pantalla de mi móvil y solté un prolongado suspiro. Ya era la hora de levantarse y afrontar un nuevo día. Así que, sin pensarlo, me encaminé directa al baño para intentar eliminar los restos de mi sueño con el agua caliente de la ducha.

Hoy tenía que estar al cien por cien de mis capacidades, porque hoy era el día en que me enfrentaba a otra pesadilla, una muy real y de carne y hueso.

Logan Cooper.

Tras esforzarme mucho asistí a la universidad y trabajé muy duro para abrirme camino en la industria de la música y con los años conseguí cumplir mi sueño de ser productora musical. En parte, lo había conseguido gracias a uno de mis mejores amigos, Adam, que se había encargado de presentarme a todos sus contactos para que mi carrera despegara.

Uno de esos contactos era Elsa, la manager de Adam. Cuando la conocí, recuerdo que intercambiamos una mirada, una de esas que te sirven para decirle algo a la otra persona, casi de una manera imperceptible, sin hablar. Reconocí en ella a una igual, una mujer hecha a sí misma a base de esfuerzo y valentía, una luchadora. Ella se encargó de encontrarme mis primeros trabajos y, casi sin darme cuenta, en pocos años ya podía vivir de ello sin preocupaciones.

Tenía una vida sencilla pero feliz. Con una casa al límite de la ciudad, en un barrio muy tranquilo, un grupo de amigos encantadores que compartían mi pasión musical y un trabajo que me encantaba.

Pero no todo era perfecto, porque justo hoy tenía que trabajar en un gran proyecto con uno de los tipos que más aborrecía en todo el mundo.

Apenas hacía un año que conocía a Logan. Me lo presentó Elsa en una fiesta promocional. Él había aparecido de repente en la industria y sin apenas esfuerzo se había proclamado como la estrella revelación del momento. La verdad es que Logan tenía mucho talento musical y una voz muy especial, aunque jamás lo reconocería delante de él, su ego ya era lo suficientemente grande y no necesitaba que yo lo alimentara más.

En cuanto le vi, y reconozco que le juzgué sin saber nada de él, supe que solo me traería problemas. Era un chico muy alto, moreno y de intensos ojos azul cobalto. Tenía un cuerpo trabajado a conciencia en el gimnasio y, lo que más me horrorizaba, un tatuaje de estilo japonés que le cubría todo el brazo derecho y vete tú a saber qué otras partes de su anatomía. Además, a su físico, que de por sí solo ya rezumaba la palabra peligro por todos los poros de su piel, se le sumaba su actitud. Logan, era el típico tío que se cree que está por encima de la ley, que las normas fueron escritas para los demás y no para él, por no decir que absolutamente todo lo que vistiera faldas era un objetivo.

Simplemente asqueroso.

Pero el destino a veces se divierte poniéndonos a prueba y a mí me estaba retando, y mucho.

Elsa, que tenía mucha confianza en mis habilidades, me ofreció un contrato para producir el primer disco en solitario de Logan. Mentiría si dijera que no pensé en rechazarlo, pero mi parte más sensata sabía que era una oportunidad buenísima, no solo por la compensación económica, sino por el hecho de que al grabar con el niño bonito de la industria, automáticamente se me abrirían nuevas puertas, nuevos contratos y nuevas oportunidades de crecer como productora.

Así que decidí aceptar, tragarme mis sentimientos y ser profesional.

Poco más de una hora después de haber salido de mi casa, ya estaba sentada frente a la mesa de mezclas con mi portátil abierto y una taza de café. Lista para hacer un buen trabajo.

De vez en cuando, miraba a la puerta a la espera de Kelly, mi nueva becaria. Estaba realmente emocionada con ella, tras aceptar el proyecto me vine un poco arriba y decidí contar con ayuda, así que me informé en mi antigua universidad y, después de unos trámites un poco pesados y largos, varios estudiantes llamaron a mi puerta para ser mis asistentes. Finalmente, me decidí por Kelly. Me gustó mucho su actitud y sus ganas de aprender el oficio y aunque no era la más preparada quise darle la oportunidad a ella.

Justo cuando el reloj marcaba las nueve en punto, la puerta del estudio se abrió dando paso a Logan y junto a él, riendo como una colegiala enamorada, estaba Kelly.

Respiré hondo, conocía perfectamente el poder seductor del moreno y mi joven becaria había sucumbido a él.

—Buenos días —dije en un tono sereno pero frío para que se notara mi descontento.

—Buenos días, Sage —murmuró Kelly soltándose de Logan y sentándose a mi lado—. Siento llegar tan justa.

—Tranquila, hoy es sólo tu segundo día —le sonreí amablemente.

—Buenos días, *productora* —Logan enarcó las cejas.

Me limité a imitar su gesto mientras le seguía con la mirada hasta que entró en la cabina. Con movimientos lentos, se quitó la chaqueta de cuero negro que llevaba y se posicionó frente a uno de los micrófonos ajustando la altura del pie. Me quedé mirando el tatuaje que tanto aborrecía, que se asomaba bajo su camiseta negra y como sus músculos se tensaban bajo su piel. Cuando a mi lado oí un ligero suspiro, comprobé que Kelly se lo estaba comiendo con los ojos.

Di un par de golpecitos con las uñas sobre la mesa de mezclas.

—¿Qué es lo primero que haremos Kelly?

—¿Revisar la configuración de los controles?

—Muy bien —Sonreí animada por haber captado su atención en algo mucho más productivo.

Logan me hizo una señal, indicándome que ya estaba preparado y yo presioné un botón para activar el interfono de la sala.

—¿Te parece si hoy nos dedicamos al tercer tema de la lista? Creo que es el que más trabajo de arreglos puede darnos.

—Me parece perfecto —Me guiñó un ojo.

Apenas unos minutos después, la actitud de Logan cambió radicalmente. Cuando él se entregaba en cuerpo y alma a la música parecía otra persona, una de la que sí creía poder ser amiga. Era muy extraño, y posiblemente eran imaginaciones mías, pero cuando Logan se sentaba a interpretar frente al piano o simplemente cantaba, como en ese momento, la magia se sentía en el ambiente. Era espectacular.

—No me puedo creer que me lo haya montado con él —murmuró Kelly embobada ante la interpretación de Logan.

—¿Perdona?

Ella dio un respingo en la silla y se tapó la boca sonrojándose al instante.

—Ayer... después de grabar... —Tragó saliva—. Estábamos fuera del horario laboral, no debería ser un problema, ¿no?

—¿Te has acostado con Logan?

Kelly me miró con ojos de cachorrito abandonado mientras asentía lentamente.

—Un poco.

Solté un prolongado bufido. Era mi culpa, en realidad. ¿Qué esperaba yo contratando a una becaria joven y bonita, casi sirviéndosela en bandeja a uno de los mujeriegos más prolíficos de la ciudad?

—Mira Kelly, no es asunto mío con quién te acuestes, siempre y cuando no afecte a tu trabajo.

—Por supuesto que no afectará.

Le sonreí sin creerla del todo, no porque creyera que ella fuera tonta o porque no estuviera a la altura del trabajo, sino porque yo misma, unos años atrás, había sido ella. La chica bonita e inocente que cree en las palabras de un chico que le jura amor eterno cuando, en realidad, solo quiere meterse entre sus piernas y luego desecharla como un triste pañuelo de papel usado.

Para mi desgracia, pocos días después, mi temor se hizo realidad. Kelly me mandó un mensaje al móvil avisándome de que dejaba de manera inmediata el empleo, ya que no soportaba estar en la misma habitación que Logan, que obviamente le había partido el corazón.

Y yo ahora le quería partir las piernas a él.

Cuando Logan apareció a la mañana siguiente en el estudio, no pude contenerme.

—¡¿Se puede saber qué le has hecho a mi becaria?!

Él dio un paso atrás al ver como yo me ponía en pie y le miraba clavándole mis ojos verdes llenos de ira.

—Buenos días a ti también.

—¿Es que por una vez no puedes dejar a tu entrepierna tranquila? —Sentía como la sangre bullía en mis venas.

Logan se quitó la chaqueta y la dejó sobre un pequeño sofá que había en el extremo más alejado de la sala de control.

—Para empezar, vamos a calmarnos un poco —su voz era serena—. ¿A quién se supone que le he hecho qué?

—¡Esto es el colmo, Logan! —Le señalé con el dedo furiosa—. Te has tirado a Kelly, mi becaria.

Él se encogió de hombros.

—¿Y eso es un delito o algo? Hasta donde yo sé, todo ha sido consentido y la chica es mayor de edad. ¿Cuál es el problema?

—¡¿Que cuál es el problema?! —Apunté mis dos manos hacia su entrepierna—. ¡Eso es el problema!

Él frunció el ceño conteniendo una diabólica sonrisa.

—Sigo sin entenderte.

—Kelly ha dejado el trabajo porque ya no soporta estar cerca de ti.

—¡Ah! Vaya —asintió despacio con la cabeza mientras se tocaba la nuca—. Siento oír eso, parecía una chica inteligente y válida para el empleo, pero le dejé muy claro desde el principio que lo nuestro solo seria un rollo esporádico, nada serio. No es mi problema si se ha colgado de mí o algo. Yo siempre soy sincero.

Al ver su actitud tranquila, como si el problema no fuera con él, mi ira se descontroló.

—¿Sincero?

—Siempre —Sonrió con orgullo.

—Pues deja que yo también sea sincera contigo, Logan. Nos quedan dos semanas de grabaciones y espero que te comportes de una manera profesional. Eso quiere decir que dejes de pensar con tu egocéntrica polla.

Justo en ese momento, Elsa abrió la puerta del estudio y se nos quedó mirando con los ojos abiertos como platos.

—No tiene precio entrar en una sala y que lo primero que oigas sea "egocéntrica polla" —Nos miró a ambos—. Buenos días, chicos.

Mis mejillas se tiñeron de rojo y juraría que Logan palideció levemente.

—Buenos días, Elsa —Él sonrió de medio lado.

—Lo siento —murmuré dejándome caer en la silla frente a la mesa.

Elsa nos miró durante unos segundos que se me hicieron eternos.

—Logan, Sage —Meneó su cabeza haciendo ondear su melena rubia—. Sé que en el terreno personal, entre vosotros suelen saltar chispas, pero también sé que en cuanto os ponéis a trabajar hacéis un equipo maravilloso, así que os preguntaré algo. ¿Será posible que terminéis el proyecto sin mataros el uno al otro?

Bajé un poco la cabeza, fustigándome interiormente por haber sido tan poco profesional.

—Lo siento, por mi parte no habrá más problemas.

—¿Logan? —Elsa le miró.

—Por mi parte, no hay ningún problema.

Le fulminé con la mirada, pero me tragué las ganas que tenía de estrangularlo con el cable de mis auriculares.

—Bien, pues a trabajar mis pequeñas estrellas.

2

Logan

El tono de llamada de mi móvil se coló en mis sueños y poco a poco sentí como los bajos de la canción me martilleaban la cabeza provocándome un dolor intenso. Intenté enfocar la vista y ver quién me llamaba tan insistentemente.

Sage.

Deslicé el dedo colgando la llamada para, después, lanzarlo a la otra punta de mi cama.

Sabía perfectamente por qué me llamaba mi productora. Hoy era día de grabación y a esas horas ya debía estar en el estudio, pero no. Hoy no podía hacerlo.

Hundí mi cara en la almohada y cerré los ojos con fuerza deseando que el sueño volviera a llevarme lejos de mi realidad.

De nuevo, el maldito tono de llamada.

Alargué la mano, dispuesto a decirle a Sage que por una vez se olvidara de mí, pero mi actitud cambió al ver el nombre de mi manager en la pantalla.

—Hola, Elsa —mi voz sonaba ronca.

—Logan, Sage me ha llamado hecha una fiera porque la has dejado plantada hoy. ¿Qué está pasando?

Solté un bufido prolongado al imaginarme a la pequeña morena de ojos verdes colorada de pura furia.

—Elsa, ¿recuerdas lo que te conté el día que firmamos el contrato?

—Sí.

—Pues hoy es ese día del año —mi voz se quebró un poco.

Pude oír como ella respiraba lentamente al otro lado del teléfono, casi sintiendo su lástima por mí.

—Tómate un par de días libres, ¿vale? Yo calmaré a Sage.

Sonreí sin humor.

—Gracias, eres la mejor.

Sin esperar respuesta, colgué y me tapé con la colcha por completo, como si al sumirme en la oscuridad se fueran todos mis problemas.

3
$Sage$

Los tacones de los zapatos de Elsa repiqueteaban sobre el mármol blanco de su oficina elegantemente decorada.

Yo no podía dejar de seguirla con la mirada mientras en mi interior me sentía casi como una niña a la que han llamado al despacho del director para echar una reprimenda. Lo peor del todo era que Logan, a mi lado y recostado despreocupadamente en su silla, parecía ajeno a todo. Como si ninguna de nuestras últimas peleas hubieran sido por su culpa, como si unos días atrás no me hubiera dejado plantada varias horas en el estudio incapaz de contestar a mis llamadas o disculparse por haberlo hecho.

Odiaba su actitud pasota y, lo peor de todo, detestaba que a pesar de ser el culpable de todo fuera capaz de lucir tan tranquilo y feliz.

En el fondo, envidiaba su vida fácil y con suerte, porque yo no sabía qué era eso.

—Esto no puede seguir así —Elsa se sentó por fin en su silla y nos miró, cansada—. Tenéis una fecha de entrega y hay que cumplirla. ¿Lo sabéis verdad?

—Por supuesto, pero es que si me dejan plantada...—Elsa levantó la mano dejando mi frase a medias.

—Sage, ya te expliqué que la ausencia de Logan estuvo justificada por motivos personales y no hablaremos más del tema.

Me rechinaron los dientes al ver que en esa cuestión Elsa estaba de parte de él.

—Siento haberte dejado tirada, Sage, debí avisarte el día antes —la voz de él sonó casi como un murmullo.

Me quedé paralizada en mi asiento y le miré incrédula. ¿Logan Cooper se estaba disculpando? Él me miró divertido y una sonrisa canalla se dibujó en sus labios.

—Si la cago, me disculpo —Me guiñó un ojo—. Que lo sepas, *productora*.

Me quedé sin saber qué decir.

—Chicos, yo no puedo estar cada día con vosotros, no puedo ser vuestra canguro —Puso los ojos en blanco—. Pero está claro que si no hay alguien más que apacigüe las aguas mientras trabajáis, os terminareis estirando de los pelos y el proyecto no saldrá adelante.

Logan y yo intercambiamos una rápida mirada. De alguna manera, los dos sabíamos que aquello era muy cierto.

—Es por eso que he decidido que lo mejor será poneros un... —Repiqueteó con las uñas sobre la mesa—. Un tutor.

—¿Un tutor? —mi voz sonó un poco chillona.

—He hablado con mi amigo Eddie Walker.

Mi boca se abrió un poco ante la emoción.

—¡¿El famoso productor, Eddie Walker?!

—El mismo, Sage. Y está dispuesto a acogeros en su casa de las afueras para que grabéis en su estudio privado y ayudaros a gestionar... —Movió la mano apuntándonos a ambos—. Vuestra situación.

Me senté en el borde de la silla sin poder contener la emoción.

—¿En el estudio del gran Eddie Walker?

Elsa se rió ante mi entusiasmo y asintió con la cabeza.

—Sage, te estas comportando como una fan histérica.

Miré a Logan entrecerrando los ojos.

—Ni lo intentes, no me vas a estropear esto.

—Bien, pues como parece que estáis de acuerdo, lo arreglaré todo para que en un par de días tengáis un bonito coche de alquiler para llegar hasta la mansión rural de Eddie.

Por un momento, no comprendí lo que decía Elsa.

—¿Un coche? ¿No sería más rápido ir en avión?

—Lo sería —Logan me miró sonriendo ampliamente—. Pero Elsa sabe que yo no vuelo.

Miré a Elsa ignorando la cara de niño bueno que intentaba poner él.

—Lo siento Sage, cariño, pero esta vez os tocará conducir.

4

Sage

El sonido de los coches en la autopista me recordaba al rumor de las olas de la playa donde solía veranear con mis padres; había que ponerle un poquito de imaginación, pero aquel zumbido conseguía relajarme.

Con la excusa de descansar y para no pasarme las siguientes cinco horas en un silencio incómodo dentro del coche con Logan, me había acomodado en el asiento trasero y ahora, con los ojos cerrados, fingía echar un reparador sueñecito.

De vez en cuando oía la voz de Logan, muy bajita, que canturreaba algunas de sus canciones.

Al decirle que quería dormir, había tenido el detalle de apagar la música.

Había momentos en que notaba como me dormía ligeramente, pero sabía perfectamente que no caería en un sueño profundo. Desde hacía años, era incapaz de dormir en un vehículo.

Demasiados malos recuerdos.

Cuando mi móvil vibró dentro del bolsillo de mi cazadora vaquera, lo saqué con disimulo y revisé el mensaje que me acababa de llegar. Era del grupo de mis mejores amigos.

Curiosamente, eran todos chicos, tres para ser exacta.

Estaba Sam, un francés que había sido un niño prodigio de la guitarra y que siempre me sacaba una sonrisa. Después estaba Liam, un chico perfeccionista y que, a decir verdad, a primer golpe de vista, solía caer mal a la gente, ya que era bastante serio. En ocasiones bromeaba con él diciéndole que era tan estirado porque tenía que sacarse el atril del culo. A pesar de todo le adoraba, porque sabía que tras esa fachada fría, había un chico muy dulce. Y finalmente, estaba el bueno de Adam, que justo en ese momento empezaba a encapricharse de una chica pelirroja que intuía que sería una buena amiga para todos.

Al abrir el chat grupal y leer los más de veinte mansajes que había, no pude evitar soltar una carcajada ahogada. La mayoría eran de Sam, que me daba ánimos para el viaje junto con una retahíla muy detallada de insultos en francés, escritos fonéticamente, para que los usara contra Logan por si se ponía desagradable.

—Si ya estás despierta, quizás sea mejor que te sientes delante —la voz de Logan me devolvió a la realidad.

Sus ojos cobalto se me clavaron a través del retrovisor interior y me senté en el asiento peinando mi media melena con los dedos.

—En la próxima parada para estirar las piernas me cambiaré de asiento.

Él se limitó a asentir.

—Has dormido apenas veinte minutos.

—Qué poco —Solté un bufido—. Recuérdame otra vez por qué hemos de ir en coche y no podíamos coger un avión.

Él me dedicó una brillante sonrisa ladeada.

—Porque no me gustan los aviones.

—¡Ah! Es verdad, la súper estrella tiene miedo a volar.

—Algo así —en su voz se percibía un punto triste.

El silencio se instauró de nuevo entre nosotros y respiré hondo. No tenía que dejarme llevar por mis sentimientos, debía ser profesional. Al fin y al cabo, si todo salía bien, en menos de una semana el disco estaría completamente grabado y perdería de vista a Logan para siempre.

Sin previo aviso, Logan tomó una curva con brusquedad y, adentrándose por un camino de tierra, llegamos a un pequeño edificio con una cafetería que parecía haberse quedado congelada en el tiempo.

—Vamos, productora, me apetece un buen café.

Logan bajó del coche y me abrió la puerta con un movimiento teatral. Al verle de pie, frente a mí, le fulminé con la mirada.

—Sé abrir puertas solita, ¿sabes?

—¿Ah, sí? —Entrecerró los ojos que brillaron con malicia—. ¿Y qué más sabes abrir?

Sin querer seguirle el juego, bajé del coche y me encaminé hacia la cafetería ignorándole por completo.

El olor a campo y la brillante luz del amanecer me devolvieron un poco de mi buen humor. Aquel paraje rural, rodeado de bosques y campos de cultivo me recordaba a mi pueblo natal.

Cuando entré en el local, seguida de Logan, localicé una mesa junto a la ventana y poco después ambos disfrutábamos en silencio de una humeante taza de café recién hecho.

Bebí un sorbo y me di cuenta de que no le había puesto edulcorante.

Cogí un pequeño cestito lleno de sobres de azúcar y rebusqué alguno de stevia o sacarina. No había ninguno.

Solté un pequeño suspiro casi imperceptible y removí el café con resignación.

—¿Necesitas algo?

Miré a Logan, casi con aburrimiento.

—No tienen ningún tipo de edulcorante.

—¿Y por qué no se lo pides a la camarera?

—Porque si le digo que quiero stevia me va a mirar raro —Me encogí de hombros y bebí otro trago del amargo café—. Además, estoy acostumbrada a que en la vida nada salga como planeo y he aprendido a aceptar las cosas como vienen.

La carcajada que soltó Logan hizo que varias personas se nos quedaran mirando.

—Menuda gilipollez —Se inclinó hacia a mí—. Si quieres stevia o lo que sea lo pides y punto. Además, lo que tú llamas aceptación en realidad es resignación y eso es algo muy distinto.

—¿Perdona?

—Perdonada —Me sonrió desafiante—. Creo que eres una chica muy negativa, Sage.

Abrí la boca para empezar una discusión con Logan pero la cerré y tomé una profunda bocanada de aire.

Esta vez no conseguiría que le siguiera el juego.

—A este café invitas tú —Me puse de pie, orgullosa—. Te espero en el coche. Las próximas horas conduciré yo.

Sin darle tiempo a ninguna réplica, salí del local con la cabeza bien alta. Yo no era negativa, yo era una luchadora.

Poco después de retomar nuestro camino, Logan se había acomodado en el asiento del copiloto y había perdido literalmente el conocimiento. Dormía de una manera tan relajada que hasta su boca se había entreabierto un poco y juraría que había empezado a babear.

Verlo así, tan feliz, despreocupado, me hacía odiarle un poquito más.

¿O quizás era envidia?

Agité la cabeza y me concentré en seguir las indicaciones del GPS. Quedaba poco más de una hora para llegar a la casa de una de las personas que me habían inspirado para ser productora musical. Había seguido la carrera de Eddie Walker desde que tenía dieciséis años y saber que estaría trabajando con él una semana entera me hacía muy feliz.

De pronto, y como si la vida me quisiera recordar que yo no tenía buena suerte, sentí como el coche patinaba ligeramente y un sonido sordo empezaba a salir de una de las ruedas traseras. Logan abrió los ojos sobresaltado por el extraño movimiento y me miró preocupado.

—Tranquilo, creo que hemos pinchado —Localicé un apartadero y paré el coche—. Vuelve a dormir, yo me encargo.

Él frunció el ceño, sin terminar de saber qué estaba pasando y yo me bajé del coche mientras me subía las mangas de la cazadora vaquera para poder trabajar más cómodamente.

Justo en el momento en el que abrí el maletero para sacar nuestro equipaje y localizar el gato, Logan apareció a mi lado sin chaqueta y bajó nuestras maletas.

—¿Qué se supone que estás haciendo? —Le miré con los ojos entrecerrados.

—¿Cambiar la rueda?

Me planté frente a él y levanté la cabeza, su altura no me intimidaba para nada.

—Te he dicho que yo me encargaba.

—Lo sé, pero no me ha parecido bien quedarme durmiendo en el coche mientras tú cargabas con todo el trabajo.

—¿Sabes? Soy perfectamente capaz de hacer esto sola.

Él sonrió divertido.

—No lo dudo, eres una de las pocas mujeres que conozco con un buen par de ovarios —Se movió para coger la rueda de recambio—. Pero entre los dos lo haremos más deprisa.

Por alguna razón, su halago me sentó mal, quizás porque sabía que no era cierto y que aprovecharía la mínima oportunidad para meterse conmigo.

Le puse una mano en el antebrazo frenando sus movimientos.

—He dicho que yo lo hago —Le empujé con mi cuerpo para apartarlo del maletero—. Puedes volver adentro.

Logan se limitó a levantar las manos y a retroceder un paso atrás. Para mi disgusto, no volvió al coche, sino que se quedó de pie mirando cada uno de mis movimientos mientras con esfuerzo sacaba la rueda de repuesto. Sentía como si me estuviera examinando, esperando que cometiera algún error.

Cabreada, cogí la llave telescópica y, usando todo el peso de mi menudo cuerpo, aflojé uno a uno todos los tornillos. No me hacía falta girarme para saber que él estaba sonriendo.

Tras colocar el gato, acomodé la rueda en su sitio y me aseguré de que estuviera perfectamente encajada, antes de retirar el gato y colocar de nuevo los tornillos. En este punto, empecé a sudar un poco y me pasé la mano por la frente, apartando un mechón de mi corta melena que me dificultaba la visión.

Orgullosa, puse en vertical la rueda pinchada y la llevé rodando con facilidad hasta el maletero, mientras Logan me seguía con pasos pequeños. Justo cuando con las dos manos me disponía a subir la rueda, se me resbaló cayendo sobre uno de mis pies. Solté una palabrota justo en el momento en el que Logan impedía que la rueda saliera rodando por la carretera.

—Lo has hecho muy bien, pero pedir ayuda no quiere decir que seas débil, lo sabes, ¿verdad?

Casi como si no le costara esfuerzo, Logan colocó la rueda en el maletero.

Yo me lo quedé mirando, sin saber qué contestar, viendo como su cuerpo se movía recolocando nuestro equipaje de nuevo en el interior del coche. Su tatuaje se estiraba con cada movimiento y el demonio japonés que tenía a la altura del codo pareció sonreírme.

Se me erizó la piel.

—Tóma, límpiate las manos —Me tendió una toallita húmeda que había sacado de su mochila.

Me miré un segundo la grasa que había manchado mi piel y algunas partes de mis uñas y la acepté.

—Gracias.

Sin decir nada más, volvimos al coche y retomamos nuestro viaje.

5

Sage

Una densa nube de polvo se arremolinó alrededor de nuestro coche, mientras me adentraba por un camino de tierra oculto en un frondoso bosque. Había revisado varias veces el GPS para asegurarme de que estábamos tomando la ruta correcta, ya que, por el momento, aquel sendero no parecía conducir a ninguna parte.

A mi lado, Logan se limitaba a mirar por la ventana disfrutando del paisaje y de vez en cuando le veía sonreír cuando oía el trino de algún pájaro.

Justo cuando empezaba a ponerme nerviosa creyendo que nos habíamos perdido, una enorme puerta de hierro forjado apareció ante nosotros. A lo lejos, se veía una imponente estructura blanca.

—Vaya, cuando Elsa dijo *mansión rural* no creía que lo dijera en serio —bufó Logan.

—Eddie Walker es bastante famoso, así que es normal que viva en una casa lujosa.

La puerta se abrió ante nosotros con un chirrido metálico. Sin duda, las cámaras de seguridad nos habían reconocido y nos daban acceso al recinto.

—Bueno, ya sabes lo que dicen —Él me miró divertido—. El tamaño de la casa es proporcional al ego del dueño.

Solté una risotada sin humor.

—¿Ah, sí? —Me adentré por un camino asfaltado—. ¿Y tu casa es muy grande, Logan?

Él inclinó la cabeza hacia mí y pude percibir un brillo juguetón en su mirada.

—Mi casa es del tamaño del que tiene que ser, ni más ni menos.

—Claro, claro…

Logan se movió en el asiento sin disimular lo divertida que le parecía aquella conversación. Yo decidí ignorarle y, en pocos minutos, llegamos a la entrada de la casa.

Era la típica mansión de cemento y cristal que a mí personalmente me parecía fría. Yo prefería las edificaciones con un poco más de personalidad como mi vieja casita de estilo victoriano.

En cuanto paré el motor, la puerta doble de la casa se abrió de par en par y un hombre de piel chocolate y cabello largo recogido en una coleta baja, vino a nuestro encuentro.

Le reconocí al instante, era Eddie Walker.

Bajé del coche intentando que no se notara lo nerviosa que me había puesto de repente.

—Hola, bienvenidos —Se acercó a mí y me estrechó la mano—. Tú debes de ser Sage.

—Hola, gracias por su invitación, señor Walker.

—¡Oh, por favor! Llámame Eddie, este año cumplo los cuarenta y ya me siento suficientemente viejo.

Ambos nos reímos de una manera bastante cordial.

Logan rodeó el coche y se nos acercó con las manos en los bolsillos de su cazadora de cuero con su clásico aire de superioridad.

—Hola, yo soy Logan.

Eddie se giró.

—Bienvenido —Le tendió la mano para saludarle—. Elsa me ha hablado maravillas de ti, estoy deseando ver de lo que eres capaz.

Logan se limitó a sonreír y casi me pareció que se ponía un poco incómodo ante el halago. ¿Acaso el prepotente chico tenía un poco de vergüenza?

Me acerqué al maletero y me dispuse a bajar mi maleta.

—Permíteme, por favor —Eddie se me adelantó y cogió mi equipaje.

—Gracias. —Le sonreí coqueta.

Justo cuando Eddie se encaminaba hacia la entrada de la casa llevando mi pequeño trolley, Logan se pegó a mí con los brazos cruzados sobre el pecho.

—Vaya, vaya... —Soltó una risilla irónica mientras cogía su propia maleta—. Así que es a mí al único al que no le permites ayudarte o tener detalles de cortesía.

Entrecerré los ojos con furia y me aparté de él como si me quemara.

—Es Eddie Walker —bufé—. Sí quiere llevarme la maleta, sostenerme la puerta o hacerme la ola, por supuesto que lo voy a permitir.

—Aha, ¿así que se trata de ser famoso? Porqué si mi disco tiene la acogida que Elsa prevé, yo también lo seré en algunos meses y entonces ¿podré ser un caballero contigo?

Empecé a dar algunos pasos hacia la casa mientras, altanera, dejaba que mi media melena se balanceara arremolinándose en mi cuello.

—Se trata de admiración y respeto, Logan, no de fama —canturreé sin mirarle.

A mi espalda, pude oír como él soltaba una sonora carcajada y no pude evitar que me molestara. Realmente no entendía por qué aquel chico, que en realidad me era completamente indiferente, era capaz de sacarme de mis casillas con tanta facilidad.

Odiaba no tener el control sobre mí misma para evitarlo.

Al entrar en la minimalista casa, me quedé fascinada. A pesar de que no le faltaba la decoración de diseño, el espacio era tan sumamente enorme y los techos tan altos, que mis pisadas resonaban con eco.

Localicé a Eddie, que estaba de pie frente a unos grandes ventanales de cuerpo entero en el otro extremo de un diáfano salón.

—¿Vives aquí solo, Eddie? —Me acerqué a él sin perder detalle de la decoración.

—Normalmente suelo estar con mi pareja, pero ahora está de viaje de negocios así que, gracias a vosotros, no me sentiré tan solo —Me guiñó un ojo con complicidad.

Logan se acercó a nosotros fingiendo ser inmune al lujo que nos rodeaba.

Eddie abrió la ventana corredera que daba a un bonito jardín y nos hizo un gesto para que lo siguiéramos. Cuando dejó mi maleta en el salón, dude en cogerla yo, pero supuse que si mi anfitrión la había dejado allí, era por algún motivo.

El olor a césped recién cortado me hizo soltar un leve suspiro y obviamente me gané una mirada curiosa por parte de Logan.

Cerré mis puños de manera instintiva.

Si se iba a pasar toda la semana atento a todos mis gestos para encontrar un nuevo motivo de burla, Elsa no tendría que preocuparse por el lanzamiento de su nuevo artista revelación, porque no quedaría ni artista, ni revelación.

Recorrimos un sendero de piedras blancas que bordeaba una enorme piscina, hasta llegar a una casita de aspecto mucho más tradicional, de un solo piso y de ventanales con cuadrículas. Realmente, aquella edificación no pegaba en absoluto con la mansión de diseño.

—Elsa me comentó el pequeño... *inconveniente* entre vosotros, así que he creído que lo mejor sería que Logan se aloje en mi casita de la piscina y tú, Sage, te alojes en una de las habitaciones de invitados de la casa principal.

—Por mí, perfecto —comentó Logan mientras se asomaba por una de las ventanas revisando el interior de la vivienda.

—Yo tampoco tengo ningún problema —Sonreí a Eddie.

—Genial, entonces —Abrió la puerta de la casita indicándole a Logan que era toda suya—. Por cierto, la piscina esta climatizada, así que si os apetece un baño la podéis usar a cualquier hora.

—Gracias —Sonreí educada.

—Te llevaré a tu habitación mientras Logan se instala —Eddie me hizo un gesto con la mano para que le siguiera de nuevo a la casa principal.

Noté como los ojos de Logan estaban fijos en mí y no dudé en corresponderle la mirada, desafiante. Él me sonrió mientras se apoyaba en el marco de la puerta y cruzaba las piernas.

—Oye, Sage…

—¿Qué?

La sonrisa diabólica que se extendió por su rostro me hizo ponerme alerta.

—Estás guapa.

—¡¿Eh?! —Sentí como me sonrojaba—. Deshaz la maleta y prepárate, esta tarde nos toca grabar.

Sin mirarle, me encaminé deprisa por el sendero de piedra hasta alcanzar a Eddie, que casi ya había llegado a la casa principal.

—Perdona, Eddie —Empecé a caminar junto a él.

—No hay problema.

Le seguí al interior de la casa donde, con un movimiento rápido, Eddie recogió mi maleta para, luego, subir por una escalera de mármol blanco y barandilla metálica que nos llevó directamente a un pasillo mucho más ancho de lo normal, lleno de puertas.

—Ésta será tu habitación —Abrió la puerta y se hizo a un lado para que pudiera entrar—. Si necesitas cualquier cosa no duces en pedírmela.

Entré con pasos cuidadosos y sonreí al ver la enorme cama y el ventanal que daba directamente al jardín. A lo lejos, se veía perfectamente la casita de la piscina.

—Oye, Sage —Miré a Eddie que parecía un poco incómodo—. No hay manera elegante de decir esto, pero…

—¿Qué pasa? —soné preocupada.

—Tienes una mancha de grasa en la frente.

Mientras sentía como mis mejillas se sonrojaban, me acerqué al espejo que había junto al armario y vi la enorme mancha negruzca que trazaba en diagonal toda mi frente y el último comentario de Logan cobró sentido para mí.

La ira se extendió por todo mi cuerpo mientras podía casi oír las carcajadas del chico al haberme permitido hacer el ridículo ante Eddie.

Maldito, maldito Logan Cooper.

6

Logan

Sin casi darme cuenta, ya llevábamos cuatro días de grabación y debía reconocer que el hecho de estar aislados del mundo dedicándonos única y exclusivamente a trabajar estaba dando sus frutos, ya que habíamos avanzado muchísimo.

Al principio, Eddie se había limitado a estar presente en todas nuestras sesiones pero, poco a poco y gracias a que Sage le pedía consejo, se fue involucrando activamente en el proyecto. Por un lado, estaba agradecido por sus comentarios constructivos, pero por otro no podía evitar ver el cambio en la actitud de Sage. Si algo caracterizaba a la morena de ojos verdes era su seguridad a la hora de trabajar. Era algo que siempre había admirado de ella, pero ahora, con cada nueva sugerencia o corrección de Eddie, parecía haberse vuelto más insegura respecto a su trabajo y sus decisiones, y aquello no me gustaba.

Sage me había llamado la atención nada más conocerla. Mentiría si dijera que fue su personalidad lo primero que me atrajo, ya que la chica no estaba nada mal. Era justo mi tipo de mujer. Pequeñita, con un cuerpo lleno de curvas y unos enormes ojos verdes desafiantes que se llenaban de odio cuando me metía con ella.

Desde que había entrado en la veintena, se me daba bastante bien ligar y no tenía queja en cuanto a la facilidad para tener todas las mujeres que deseara en mi cama, pero con Sage era diferente. Con ella, no me apetecía pegarme un revolcón y punto (bueno, quizás uno rapidito); con ella, sentía el deseo de conocer qué era lo que la hacía comportarse como una gata arisca que se niega a confiar en los humanos. Si estaba seguro de algo, era de que Sage tenía un pasado, seguramente uno muy doloroso, que la hacía desconfiar de todo el mundo. Quizás por mis propias experiencias, sentía una necesidad de que ella se abriera a mí, confiara en mí y, tal vez, me dejara ayudarla a liberarse de sus demonios.

A pesar de todo, no me lo estaba poniendo fácil y sabía que lo que ella sentía por mí era mucho más cercano al odio que a la amistad y en parte era mi culpa, porque me resultaba tan sumamente fácil molestarla que me era imposible parar.

Era demasiado divertido.

Aquella tarde empezaba a sentir el agotamiento a causa del intenso trabajo y, aunque mi sentido de la responsabilidad me obligaba a darlo todo en la sala de grabación privada de Eddie, mi voz tenía otros planes.

—Logan, si quieres lo podemos dejar por hoy —la voz de Sage se oyó por la megafonía de la sala.

—Me parece bien —Solté un sonoro suspiro mientras me quitaba los auriculares y peinaba mi rebelde cabello con ambas manos.

Me incliné para recoger mis cosas sin prestar mucha atención a la sala de control donde Eddie y Sage hablaban.

—Tendrías que ecualizar esta sección de aquí de otra manera, el objetivo es eliminar el sonido distorsionado de las eses y tal y como tú lo haces no parece que quede el sonido completamente limpio.

Me giré para ver la cara de Sage ante la crítica, pero lejos de defender su manera de trabajar la vi encogerse de hombros y soltar una risilla tímida poco frecuente en ella.

—Lo siento, realmente es un fallo de novata que no debería cometer a estas alturas de mi carrera.

—Para eso estoy yo aquí, no dudes en preguntarme.

Solté una carcajada irónica sin importarme si se daban cuenta o no de mi desprecio.

Por muchos premios que tuviera ese tío, no tenía derecho a decirle a Sage cómo debía hacer su trabajo, ya que hasta la fecha ella había demostrado ser una productora excelente y de ser por mí no quería trabajar con otra más que no fuera ella.

Terminé de recoger mis cosas y salí dando un portazo.

Estaba cabreado.

7

Sage

Rodé por la cama, mientras sentía como el colchón se hundía con el peso de mi cuerpo. Me sentía inquieta, intranquila y no conseguía dormirme.

Pensaba que, a mis casi veinticinco años, ya no volvería a sentirme vulnerable e insegura como cuando tenía los dieciocho, pero los últimos días allí, en aquella casa, estaban haciéndome dudar de mis habilidades como productora musical. Al principio, Eddie se había limitado a sugerir algunos cambios o a explicarme cómo lo haría él en mi lugar, pero hoy se había vuelto mucho más duro, más autoritario, hasta el punto de criticar cada una de mis decisiones.

Quítale un poco de reverb, usa samples más originales, cómprate unos auriculares de mejor calidad…

Sus críticas revoloteaban en mi cabeza minando mi autoestima y la fe respecto a mi trabajo bien hecho, haciéndome dudar de mí misma. ¿Acaso estaba perdiendo el tiempo queriendo ser productora musical? ¿Y si me quedaba sin clientes, fracasaba y tenía que volver con el rabo entre las piernas a casa de mis padres?

Me senté en el borde de la cama y hundí la cara en mis manos mientras, literalmente, podía sentir como la ansiedad se extendía desde mi pecho a todas las partes de mi cuerpo.

Me puse en pie, respirando hondo varias veces, diciéndome a mí misma que yo controlaba la situación, que estaba bien, aunque una parte de mí sabía que era una mentira muy gorda.

Me acerqué a la ventana y miré la piscina que, a pesar de ser las dos de la madrugada, seguía iluminada por unas relajantes luces azules.

Sin pensarlo demasiado, cogí una toalla del armario con una sola idea revoloteando en mi mente. Tenía que distraerme y un baño de madrugada era lo que necesitaba.

Cuando salí al jardín apenas unos minutos después, el frío de la noche me hizo replantearme mi loca idea. Estábamos en pleno otoño y yo había sido tan imprudente de bajar con un pijama de tirantes y shorts. Meneé la cabeza y empecé a caminar veloz por el sendero de piedras que llevaba a la piscina.

Cuando llegué, me quedé unos segundos mirando el efecto del contraste de temperatura entre la fría noche y el agua climatizada. Sobre la superficie azulada, revoloteaba una neblina que era casi hipnótica. Me acerqué al borde y metí la punta de mi pie derecho para comprobar la temperatura. Estaba tibia y enseguida calentó mi piel helada. Me senté con cuidado y dejé que mis pies y pantorrillas se hundieran por completo, moviéndolos lentamente y observando las ondas que se formaban en el agua que brillaba con la iluminación nocturna.

Realmente, aquello me estaba tranquilizando. En parte, por la serenidad y el silencio del tranquilo jardín y, en parte, por la diversión de hacer algo un poco alocado y fuera de las normas que yo misma me imponía.

Siempre seria, siempre profesional y correcta. Ésa era yo cuando trabajaba.

Me apetecía mucho sumergirme por completo en el agua, pero

al hacer mi equipaje para aquella semana, poco me había imaginado que un bañador sería necesario. Al fin y al cabo, era un viaje de negocios, no de placer.

Una loca idea pasó por mi mente, bañarme desnuda, pero la deseché al instante al verificar la cercanía de la casa de la piscina donde Logan estaba durmiendo. Era muy posible que él ni se enterara de mi presencia, pero solo de pensar en la pequeñísima posibilidad de que él se despertara y me encontrara allí, nadando en pelota picada, me horrorizó, y conociendo mi mala suerte, seguro que pasaba. Así que decidí quitarme solo el pantalón del pijama y saltar al agua vestida con la camiseta blanca y mis braguitas de encaje amarillo. Cuando emergí, la brisa helada de la noche me hizo hundirme casi hasta los ojos buscando la calidez del agua, pero tras el choque inicial de temperaturas me fui aclimatando y empecé a nadar con brazadas lentas, dejando que mis preocupaciones se diluyeran.

Relajada, mientras oía el gorgojeo del agua con cada uno de mis movimientos, cerré los ojos y me dejé mecer mientras flotaba boca arriba. Las partes de mi cuerpo que inevitablemente quedaron expuestas, como mi cara, mis pechos y parte de mis muslos, se me pusieron de piel de gallina, pero no me importó, el contraste era muy agradable.

—Hola, *chicas.*

La voz ronroneante que llegó a mis oídos con una clara connotación sexual hacia mis pechos, me hizo sumergirme y, avergonzada, me abracé mí misma. Logan me miraba sonriente, desde el borde de la piscina, vistiendo un pantalón negro de chándal y una enorme sudadera a juego.

—No sabía que hoy había un concurso de Miss camiseta mojada.

—Piérdete, Logan.

Ignorando mi puya, él se sentó con las piernas cruzadas, muy cerca de mí.

—¿Qué pasa, no tenías sueño? o ¿es que me echabas de menos?

—No todas las mujeres estamos perdidamente enamoradas de ti, ¿lo sabías?

—Lo sabía —se burló inclinándose hacia atrás y mirando el despejado cielo sin luna.

Un pesado silencio se cernió sobre nosotros y me empecé a sentir incómoda. Quería escapar de allí, alejarme de Logan y sus constantes bromitas. Me sentía vulnerable y no sabía si justo en ese momento sería capaz de enfrentarme a él con mi habitual temple.

—Quiero salir del agua.

Me miró con una sonrisa ladeada.

—Pues sal.

—No pienso hacerlo contigo ahí plantado —Me agarré al borde de la piscina y asomé los ojos—. No llevo bañador.

—Lo sé —Soltó una carcajada melódica—. He visto tu camiseta empapada y tus mini braguitas amarillas. ¿Ése es tu color preferido? Porque he notado que tienes varias prendas de vestir de ese tono.

—¡Logan!

—Shhhh —Se llevó el dedo índice a la boca—. No queremos despertar a nuestro perfecto anfitrión. Seguro que nos echaría una buena bronca.

—Eddie no te cae nada bien, ¿eh?

Él cerró los ojos mientras enarcaba las cejas, haciéndose el interesante.

—No es exactamente eso.

Me apoyé con los antebrazos en el borde de la piscina y asomé un poco más la cabeza, entrando de lleno su juego.

—¿Y qué es exactamente?

Logan se inclinó hacia mí, demasiado cerca de mi rostro, tanto que pude ver como las luces azules de la piscina aclaraban el tono de sus ojos.

—No me gusta como te trata —ronroneó.

El agua se removió a mi alrededor cuando me volví a sumergir aumentando la distancia entre nosotros.

—¿A qué te refieres? Yo no he notado que me trate de ninguna manera especial o algo.

—¿En serio? —Deslizó una mano por la superficie del agua, que había empezado a quedarse quieta, jugando con sus dedos con lentitud—. Es muy prepotente contigo y con tus decisiones dentro del estudio.

—Bueno… —Empecé a nadar algo nerviosa—. Él tiene mucha más experiencia que yo y ha visto muchos errores en mi trabajo. Es cierto que su actitud es un poco altanera, pero es que estamos hablando de Eddie Walker.

Logan se pasó la mano por el pelo, despeinándolo aún más y dándole un aspecto desenfadado.

—Que alguien tenga algunos premios, que en mi opinión se otorgan más por popularidad que por talento, no le acredita para dar lecciones a nadie.

—Logan… —Me volví a acercar al borde, frente a él—. Eddie tiene muchísimo talento musical y muchos años de experiencia.

—Sage —Se inclinó de nuevo hacia mí—. Tú también tienes mucho talento.

Sin poderlo evitar, mis mejillas se sonrojaron levemente y él me sonrió de una manera cálida, con un brillo casi bondadoso en sus ojos que me hizo replantearme por un instante todo lo que creía sobre su personalidad perversa.

—Yo no lo creo —En esta ocasión no me aparté y le miré directamente a los ojos—. Soy una productora musical bastante mediocre.

—No, eres muy buena —Me limité a negar lentamente con la cabeza—. Vamos, la opinión de un solo tío no puede echar por tierra todo el buen trabajo que llevas hecho hasta ahora, Sage. Te esfuerzas mucho y lo sabes.

—Pero es que…

Logan levantó una mano haciendo que me callara.

—Lo sé, él es el "puto genio Eddie Walker" —Entrecerró los ojos—. Pero, ¿sabes qué? Él es humano como tú y como yo y también la caga. Lo que opine de tu trabajo es sólo eso, una opinión, de una única persona —Soltó un suave suspiro—. Sage, no dejes que eso te defina, en serio, tú vales mucho... al fin y al cabo eres mi productora.

Aquella última palabra me hizo arrancar una tímida sonrisa.

—¿Por qué siento que de pronto eres majo conmigo? —Le miré con sospecha—. ¿Es alguna treta para que baje la guardia y encontrar mis puntos débiles?

Logan se rió animado.

—Es que soy majo, lo que pasa que no me conoces aún.

—Sí, claro.

Ante mi atenta mirada, Logan se quitó la sudadera y la dejó frente a mí. No pude evitar que mis ojos recorrieran el torso desnudo de él, sus músculos y su tatuaje que, tal y como había apostado conmigo misma, ascendía por su hombro para perderse en su espalda.

—¿Qué... qué se supone que haces?

Él inclinó la cabeza hacia un lado, sin contener una enorme sonrisa de triunfo al saber que me lo estaba comiendo con los ojos.

—Tu ropa está empapada, has traído lo que parece ser la toalla más diminuta que debe haber en la casa y hace un frío de cojones —Señaló la sudadera—. Así que, como muestra de mis buenas intenciones, te cedo mi sudadera para que tu lindo culito vestido de amarillo no se congele de camino a la casa.

Le miré desconfiada.

—Si es una estrategia para hacerme salir del agua y verme semidesnuda no te va a funcionar.

Él se limitó a hacerme un gesto con la barbilla, señalando la sudadera y se alejó con pasos tranquilos hacia la casita de la piscina.

—Buenas noches, productora —Se despidió agitando una mano, dándome la espalda.

Me quedé allí, agarrada al borde de la piscina varios minutos, hasta que le vi entrar en la casa y poco después apagar las luces.

Después de pensarlo mucho y estar casi segura de que estaría tras la ventana, agazapado entre las sombras, esperando a que yo saliera, llegué a la conclusión de que era algo inevitable y que como mujer adulta tenía que superar la vergüenza que aquello me producía.

Sin pensarlo mucho más, me apoyé en el borde de la piscina, me sequé un poco con la toalla y me puse la sudadera que aún conservaba un poco del calor y del olor de Logan. Sentí un ligero tirón en la parte baja del estómago, una sensación que no supe catalogar, pero que decidí ignorar mientras corría de nuevo por el camino de piedra en dirección a mi habitación con un pensamiento en mi mente.

¿Logan acababa de animarme y ser realmente amable conmigo?

8

Logan

Bostecé mientras entrecruzaba mis manos y estiraba mis brazos hasta el techo, intentando quitarme el sueño de encima. La noche anterior no había podido resistir el impulso de salir al encuentro de Sage en cuanto me desperté en mitad de la noche y la vi nadando en la piscina. La verdad era que no esperaba encontrarla semidesnuda en el agua, tan sexy con su camiseta blanca arrapada sobre su piel erizada por el frío de la noche… Poco me faltó para saltar a la piscina con ella, pero me había prometido a mí mismo desde hacía tiempo que una cosa eran mis ligues de una noche y otra cosa el trabajo y, me gustara o no, Sage formaba parte del segundo grupo y por lo tanto estaba prohibida para mí.

Por desgracia.

Así que ahora el sueño se apoderaba de mí y teníamos una larga mañana llena de trabajo por delante.

Recoloqué el pie del micrófono más en un movimiento impulsivo que por necesidad y con un gesto de la mano le indiqué a Sage que estaba listo para empezar a grabar.

Eddie, junto a ella, escudriñaba cada uno de sus movimientos y de vez en cuando le veía murmurar algo a lo que ella contestaba con un movimiento de cabeza o alguna corta palabra.

Si por mi hubiera sido, habría sacado a patadas del estudio a aquel tío que se creía el dios de la producción. Pero, lamentablemente, no debía olvidar que estábamos en su casa.

Me dejé llevar por la música, sumergiéndome por completo en la letra de la canción, interpretando los sentimientos desgarradores que había implícitos en ella. Me encantaba poder sufrir, amar o alegrarme con cada una de mis creaciones y conseguir transmitir las emociones con mi voz.

Un leve sonido me indicó que Sage había activado el intercomunicador de la sala.

—Logan, ¿puedes empezar de nuevo?

La miré a través del cristal que separaba el estudio de la sala de control y asentí.

Apenas unos segundos después, volvía a empezar a cantar.

—Perdona, Logan —la voz de Sage me interrumpió otra vez—. Desde el inicio, por… por favor.

Cuando cortó la comunicación, la vi hablar con Eddie, que gesticulaba algo serio.

Tomé una bocanada de aire controlando un pequeño punto de desesperación que se estaba empezando a formar en mi interior y empecé de nuevo a interpretar la canción.

No habían pasado más de veinte segundos cuando el intercomunicador volvió a activarse.

—Vuelve a empezar.

—¿Es una broma? —Miré a Sage, que parecía algo incómoda—. ¿Cuál es el problema?

—Desde el inicio, por favor.

Levanté las manos desesperado y me recoloqué los auriculares en un gesto con un punto histérico.

Justo antes de empezar, me di cuenta de que Sage había dejado el intercomunicador abierto.

—Yo no lo noto —murmuró Sage.

—Claro que sí, fíjate, justo al principio de la primera estrofa, Logan desafina.

—Pero es que es muy raro, él nunca desafina.

La sonrisa que se me dibujó en la cara hizo que mi mal humor desapareciera.

—Créeme Sage, tengo mucha más experiencia que tú y te digo que el chaval está fuera de tono y bastante.

Sentí como se me hinchaba la vena del cuello de pura ira, pero mi sentido común no me permitía mandar a la mierda a aquel tipo, así que me decidí por una vía mucho más pacífica. Hacerme el idiota.

—Sage —La miré con inocencia—. El intercomunicador esta abierto y se oye… *todo*.

La mirada que intercambiamos Eddie y yo no tuvo precio, yo fingiendo ser el ser más inocente del planeta y él queriendo que la tierra se lo tragara.

Logan 1 – gilipollas prepotente 0.

Pude ver como tras decirle algo a Sage, Eddie abandonaba la sala de control y nos dejaba a solas.

Y entonces, Sage y yo hicimos nuestra magia.

Me froté enérgicamente la toalla sobre mi pelo para eliminar el exceso de agua. Me sentía feliz de haber podido grabar todo el día sin la constante sombra de Eddie cayendo sobre nosotros. Había sido tan productivo que casi habíamos terminado y eso quería decir que podríamos volver a casa un día antes de lo previsto.

Me vestí con mi pantalón de chándal negro y me puse una camiseta gris que me quedaba algo justa, pero que llevaba tantos años siendo mi camiseta de pijama que me negaba a deshacerme de ella. Era casi la hora de cenar, pero estaba barajando la posibilidad de saltarme la cena con tal de no verle la cara al absurdo de Eddie.

Unos golpes en la puerta de la entrada me sacaron de mis pensamientos.

Era Sage.

—Hola —Me miró agitando mi sudadera perfectamente doblada—. Vengo a devolverte esto.

La miré de arriba abajo. Estaba vestida con el jersey amarillo y los vaqueros que había vestido todo el día, pero llevaba el pelo recogido en una coleta que apenas mantenía sujetos sus cortos mechones.

Parecía una cría inocente de instituto y por algún motivo aquello me gustó.

—Pasa, por favor.

Ella dudó un momento, pero finalmente entró.

—Qué bonita es la casa por dentro.

—No está mal.

Le arrebaté la sudadera de las manos y me la puse. Al instante, el perfume de Sage me envolvió por completo. Olía a algo floral, algo parecido al jazmín.

La olisqueé sin pensar en que ella me estaba observando.

—¡Ay, no! Debe oler raro, es que no he podido lavarla —Se mordió la uña del pulgar nerviosa—. Quizás me la tenía que haber llevado a casa y devolvértela en unos días, pero es que, claro… no quería llevármela y que pensaras que me la quería quedar o algo y…

—Sage, Sage —Sonreí—. Tranquila, no huele mal. Huele a ti y eso no es para nada algo malo.

Fui consciente de como habían sonado mis palabras en voz alta y solté un bufido mientras agitaba la mano para quitarle importancia.

—Como sea. ¿Ya habéis cenado?

—No —comentó ella haciéndose la distraída mientras miraba por la ventana—. Creo que Eddie se ha marchado al pueblo, porque la casa estaba extremadamente silenciosa.

—Qué buenas noticias —Me dejé caer en el pequeño sillón de dos plazas que había frente a la cama.

—Creo que tenías razón.

—Siempre la tengo —Le guiñé un ojo y palmeé en asiento de mi lado para que ella se sentara—. ¿En qué he acertado esta vez concretamente?

Sage ignoró deliberadamente mi gesto y se sentó en un puf justo frente a mí, dejando que la mesilla de café hiciera de barrera entre nosotros.

Aún no se fiaba de mí del todo.

—Me refiero a que Eddie si es un poquito…

—¿Gilipollas? ¿Sobrado? ¿Prepotente?

Ella soltó una tímida risilla y me gustó como se le iluminaba el rostro. Era poco frecuente verla reír y la verdad es que le sentaba muy bien.

—Creído. Eddie es un poco creído.

—¿Y un gilipollas también?

—Sí… También —Se recolocó un mechón rebelde tras la oreja—. No me ha gustado nada lo que ha dicho de ti esta mañana.

La miré varios segundos, disfrutando de su nerviosismo. Sabía que no debía, pero era demasiado divertido molestarla y más ahora que empezaba a bajar un poco sus defensas.

—Gracias por defenderme.

—Era lo justo, tú jamás desafinas.

—Nací afinado, baby —Hice un saludo militar mientras me recostaba en el sofá.

—¿Puedo hacerte una pregunta personal?

Me incliné hacia adelante entrecerrando los ojos.

—¿Cómo de personal? —modulé mi voz para que sonara de lo más sexy y sugerente.

Sage puso los ojos en blanco, pero no se sintió molesta por mi bromita.

—Personal del tipo ¿cómo empezaste a cantar?

Yo fingí un puchero y dejé que mi cabeza colgara hacia adelante, como si estuviera abatido por la decepción de que la pregunta no fuera algo picante. Un segundo después la miré entre mi cabello asalvajado que se había empezado a secar al aire sin adquirir ninguna forma en concreto.

Ella miró instintivamente hacia la puerta, como si quisiera huir de mí.

—Si te lo cuento, te vas a reír.

—¿Qué pasa? ¿Empezaste cantando en un club de estriptis para pagarte la universidad o algo así?

—Ojalá.

Ella apoyó los codos sobre sus rodillas, relajando su postura.

—Vamos, no puede ser tan malo.

—Lo es…

—¡Suéltalo, Logan!

No pude evitar esbozar una sonrisa en mi rostro ante su desesperación.

—Está bien —Tomé una bocanada de aire—. Empecé con seis años cantando en el coro de la iglesia.

Sage se tapó la boca con las manos conteniendo una carcajada.

—Tú, ¿en la iglesia?

Asentí lentamente con la cabeza.

—Hasta los catorce años.

—¡No!

—Sí. Tengo fotos si no me crees.

Sus ojos verdes se clavaron en los míos.

—Por favor, dime que tienes alguna en el móvil —Asentí—. ¡Quiero verlas!

Fingiendo resignación, cogí mi teléfono y, tras buscar unos segundos en la galería de imágenes, le mostré la más vergonzosa que tenía. En ella, se me veía vestido con una toga de color rojo y dorado con la boca abierta de par en par mientras cantaba y con un sobrepeso considerable.

Ella me arrebató el móvil de las manos y miró la imagen con detenimiento, llegando al punto de ampliarla con los dedos para verla con todo lujo de detalles.

Por un momento, me sentí ansioso, como si mi autoestima se quebrara. ¿Lo que estaba sintiendo era miedo a sentirme juzgado por ella?

—Qué mono eras —su voz me sacó de mis pensamientos—. Parecías buen nene con ese pelito tan repeinado y tus mejillas sonrojadas. Dime, ¿qué le pasó a ese inocente crío que cantaba en la iglesia para convertirse en… en ti?

—¡Auch! —Me llevé la mano al corazón—. Eso ha dolido, sigo siendo un buen chico.

Ella me devolvió el móvil meneando la cabeza.

—Tú no eres buen chico ni cuando duermes. Te conozco. ¿He de que recordarte que aún estoy molesta por lo de mi becaria?

—Ya… —Me pasé la mano por el pelo—. Reconozco que ahí la cagué un poquito.

—¿Un poquito?

Puse los ojos en blanco.

—Un poquito bastante. Pero es que la chica me lo puso demasiado fácil —La miré sincero—. Lo siento, de verdad.

Ella me estudió detenidamente, como si buscara en mí alguna señal que le indicara que no estaba mintiendo.

—Te perdono si prometes que no lo volverás a hacer.

—La próxima vez, contrata a un tío viejo y calvo y no pasará nada.

—Seguro que con tal de sacarme de mis casillas también lo seduces.

Solté una carcajada al imaginarme la ridícula escena.

—¿Pero por quién me tomas?

—Venga, Logan, sé que ligas con cualquier tía. Lo sé, lo he visto.

Me encogí de hombros.

—No es nada malo disfrutar de una sexualidad sana siempre y cuando ambas partes sepan que es algo esporádico. Además, no ligo con todas —mi voz sonó un punto seria.

—Bueno, eso te lo reconozco, conmigo nunca lo has probado.

Me senté en el borde del sofá, intentando acortar la distancia que nos separaba. Acechándola como si Sage fuera mi presa.

—¿Y eso te molesta? —murmuré con la voz algo rota.

Ella imitó mis gestos y hasta el tono sexy de mi voz.

—No, ¿te molesta a ti?

Contra todo pronóstico, aquel desafío por parte de ella me dejó algo descolocado haciendo que mi pulso se acelerara un poco, pero en apenas unos segundos recobré el control de mí mismo.

—Lo que me molesta es que tengo hambre y no sé que narices vamos a cenar.

Sage me sonrió entrecerrando los ojos con un punto de malicia, no se le había pasado por alto que había conseguido ponerme nervioso.

No me importaba, por fin había una rival a la altura de mis expectativas.

—Igual podríamos pedir comida, o ir al pueblo y comer en algún restaurante —comentó ella.

—Pedir comida suena bien —Cogí mi móvil y empecé a mirar

qué opciones teníamos en aquel remoto lugar del mundo—. Veamos qué encuentro.

Sage se levantó y se sentó a mi lado, mientras miraba por encima de mi hombro la pantalla de mi teléfono.

De pronto, pareció que la temperatura de la habitación había subido repentinamente y sentí la necesidad de quitarme la sudadera.

—Toma —Le di el móvil a Sage—. Creo que hay una pizzería que reparte a domicilio.

Con un movimiento rápido, me deshice de la sudadera, que lancé al brazo del sofá sin importarme como quedara. Me pasé la mano por el cabello para peinarlo un poco y miré a Sage. Tenía sus ojos clavados en mi tatuaje y algo en su mirada había cambiado.

Me devolvió el móvil y se puso en pie.

—Yo… —Se acercó a la puerta—. Creo que volveré a mi habitación, acabo de recordar que le prometí a Elsa que la llamaría para contarle cómo va todo y ya se está haciendo tarde.

Me puse de pie sin poder evitar que mis cejas se fruncieran. No entendía aquel cambio de actitud tan repentino en ella.

—¿He dicho o hecho algo que te haya molestado?

—No, no —Abrió la puerta—. Es solo que tengo que irme.

—Vale —murmuré.

—Intenta descansar, mañana es el último día de grabación y has de darlo todo.

Asentí con la cabeza mientras la vi como, literalmente, empezaba a correr hasta la casa como si estuviera huyendo de algo, o peor, como si estuviera huyendo de mí.

9

Logan

Me adentré en la casa de camino a la cocina donde ya era costumbre reunirnos todas las mañanas para desayunar. Antes de poder verles, la voz de Eddie y Sage llegaron a mis oídos.

Parecían tensos.

—Buenos días.

Ambos, sentados en la barra de la cocina me miraron y yo no tardé en ver que junto a Sage estaba su maleta y una mochila pequeña.

—Buenos días —Sage inclinó la cabeza claramente molesta.

—Qué bien que ya has aparecido, Logan. Le estaba comentando a Sage que debido a unos temas de trabajo tengo que irme hoy mismo a la ciudad, así que necesito que os marchéis.

Mis ojos se abrieron como platos mientras no me molestaba en esconder una mueca de disgusto.

¿Aquel imbécil nos estaba echando de su casa?

Sage apuró una taza de café.

—Logan, si lo necesitas puedo ayudarte con el equipaje —Ella se puso en pie.

—No, tranquila, lo tendré todo recogido en un minuto y nos largamos de aquí.

Sin esperar respuesta, salí de la cocina con pasos firmes y un creciente mal humor que se apoderaba de todo mi cuerpo.

Una hora más tarde, mis puños se cerraban con fuerza sobre el volante de cuero del coche. A mi lado, Sage soltaba un leve suspiro cada pocos minutos.

Casi la podía oír pensar.

La miré de reojo. Sus músculos estaban tensos y su mirada perdida en algún punto de la carretera.

—No le des muchas vueltas —murmuré intentando que mi voz sonara serena—. Eddie ha demostrado tener muy poquita clase.

Ella me miró cruzando los brazos sobre el pecho.

—Me siento un poco estúpida, estaba tan emocionada por conocerle y él ha resultado ser…

—Tú no has hecho nada mal, Sage. Él es idiota.

—Lo sé, pero es que ahora el proyecto se ha quedado por terminar, una persona a la que admiraba ha resultado ser poco más que un espejismo y siento que todo me está saliendo mal —Apoyó la cabeza en la ventanilla, derrotada.

—Sage…

—¿Sabes? —Me miró—. Creo que tenías razón, soy una persona muy negativa y por eso tengo tanta mala suerte.

Las palabras que le había dicho días atrás me golpearon como un martillo haciéndome sentir el peor ser sobre la faz de la tierra.

Justo en el momento en el que me disponía a hablar para animarla, el móvil de Sage empezó a sonar con una estridente alarma. Ella lo sacó del bolsillo interior de su cazadora tejana y revisó algo en su agenda.

—Vaya, debería llamar ahora para hacer la reserva —dijo más para sí misma que para mí—. ¿Te importa si hago una llamada?

—Para nada —Sonreí.

Sage marcó un numero y se llevó el auricular al oído, mientras ansiosa se mordisqueaba la uña del pulgar. De pronto, hizo una mueca y miró la pantalla completamente negra de su teléfono.

—Me he quedado sin batería.

—El cable de mi cargador está conectado al coche, puedes usarlo.

Ella localizó el cable, que sobresalía de la guantera entre los asientos y revisó el conector.

—No me sirve, nuestros teléfonos son de marcas diferentes.

—Ops.

Ella se inclinó rebuscando algo en su bolso que tenía entre los pies. Sacó una libreta, llena de *post-it* de colores que asomaban entre sus páginas, una funda de gafas de sol y un enorme llavero con un cascabel amarillo.

—Mierda —farfulló—. He debido meter el cargador en la maleta.

Sin esperar la petición por su parte, localicé un apartadero y poco después detenía el coche.

—Gracias —Se bajó casi sin mirarme.

Miré por el retrovisor interior como su melena morena se balanceaba mientras rebuscaba en su maleta y cada pocos segundos profería palabras malsonantes entre los dientes. Sabía que no debía hacerme gracia que ella estuviera de mal humor, pero era realmente graciosa. Era casi como ver a uno de esos gatos bebés que intentan demostrar que son unas fieras bufando con toda su alma, pero no consiguen nada más que parecer adorables.

El fuerte golpe del maletero cerrándose me sacó de mis pensamientos. Sage entró de nuevo en el coche moviendo la cabeza y con el ceño fruncido.

—¿No lo has encontrado?

—No, con las prisas seguro que me lo he dejado en casa de Eddie.

—Si quieres podemos volver y…

Ella hizo un gesto con las manos.

—Es solo un cargador, cuando llegue a casa iré a comprar uno nuevo.

La miré en silencio mientras sabía que una tormenta de ideas y reproches cruzaban por su mente.

—Toma —Le tendí mi móvil—. Tenías que hacer una llamada importante, ¿no?

Sus enormes ojos verdes me miraron con confusión.

—¿No te importa?

—Adelante.

—Gracias —Cogió mi móvil y marcó un número que al parecer se sabía de memoria—. ¿Hola? Sí, era para hacer una reserva —Pude percibir una leve voz al otro lado de la línea—. Sería para el jueves de la semana que viene, a las nueve de la noche y para cinco personas —La persona le hizo una pregunta—. Sí, es un cumpleaños, a nombre de Sage. Gracias.

Ella colgó y me la quedé mirando sonriente.

—¿Le estás preparando una fiesta de cumpleaños a alguien especial?

—Sí —Me miró sosteniendo el móvil entre sus manos—. A mí.

—¡Qué bien! lo recordaré para felicitarte.

Sage se movió un poco incómoda en su asiento.

—Esto, Logan… podría invitarte, pero es una celebración íntima con Adam y los chicos y…

—¡Ey, tranquila! —Sonreí sincero—. No estaba intentando que me invitaras y menos si es por pena. Además, apenas conozco a Adam y sería incómodo para todos. De verdad, ni te preocupes.

Solté una sonora carcajada para que entendiera que estaba siendo sincero.

—Vale. Gracias.

—No hay por qué darlas, productora.

Ella esbozó una tímida sonrisa y entre sus manos empezó a sonar mi móvil. En un acto reflejo ella leyó el nombre de la pantalla y me lo dio un poco avergonzada.

—Perdona —Me dio el teléfono.

Era Mary Jo.

Le cogí el móvil de las manos y abrí la puerta del coche para salir al exterior y tener privacidad.

No quería que Sage supiera quién era ella.

—¡Hola! Tenía muchas ganas de hablar contigo, ¿Me has echado de menos?

Sage me siguió mientras yo me alejaba todo lo que podía del coche.

La vi pasarse las manos por el pelo, preocupada, para después hundirse un poco en el asiento y acurrucarse aún más dentro de su cazadora.

Aquella pequeña chica tenía la capacidad de ser fuerte e independiente pero a la vez tenía momentos, como aquel, donde se la veía con una fragilidad tal, que uno solo quería protegerla.

Meneé la cabeza y volví a centrarme en la conversación.

—Puedo pasarme mañana o el fin de semana. Vale, cuídate.

Colgué el teléfono y me quedé un segundo mirando la pantalla en negro. Instintivamente, mis ojos volaron del terminal a la imagen de Sage dentro del coche y una idea me hizo ponerme ansioso.

Había pasado demasiados días a solas con la morena y, sin duda, la visión de ciertas partes mojadas de su anatomía me estaba atormentando y haciendo plantearme cosas que eran una completa locura.

Necesitaba liberar la tensión de cierta parte de mi anatomía.

Sin pensarlo mucho, deslicé mi pulgar sobre la agenda del teléfono y, cuando localicé un nombre en concreto llamé, mientras me encaminaba de nuevo al vehículo con una sonrisa perversa.

Una noche de desenfreno con Kate y olvidaría todo los pensamientos prohibidos que tenía con Sage.

10
Sage

Logan se paseaba a varios metros del coche mientras hablaba animado con la tal Mary Jo. Estaba claro que era una chica especial para él, porque hasta ahora no le había visto poner aquella expresión tan relajada y alegre con nadie.

No podía evitar sentir que las cosas entre nosotros se habían relajado bastante, pero no me iba a permitir que nuestra relación pasara a ser algo más que un puro vínculo profesional porque, me gustara o no, y tal y como me había recordado el tatuaje que él lucía en su brazo derecho la noche anterior, Logan era un chico peligroso.

Su actitud libertina con las mujeres, su manera despreocupada y su falta de problemas, por no decir que físicamente me recordaba demasiado a uno de los hombres que más daño me había hecho en mi vida, hacían ondear frente a mí una enorme bandera roja que indicaba un gran peligro.

Dejé de mirarle y me concentré en juguetear con los botones de mi cazadora.

Cuando la puerta del conductor se abrió de golpe, mis ojos se clavaron en el rostro sonriente de Logan. En su mirada, intuí una pizca de lujuria y en mi mente resonó de nuevo la palabra peligroso.

—Perfecto, me pasaré por tu casa en cuanto llegue —Cerró la puerta y se puso el cinturón con una sola mano—. Yo llevo los condones, tranquila.

Mis ojos se abrieron como platos.

Él colgó el teléfono ajeno a la incomodidad que me había hecho sentir oír esa parte de la conversación. ¿Por qué lo había hecho? ¿Para molestarme? ¿Tal vez para demostrarme que las mujeres le deseaban?

Maldito Logan.

Al instante, me arrepentí de las dos conversaciones que habíamos compartido en la casa de la piscina sintiéndome tonta por haberle dejado ver mi parte más sensible.

—¿Nos vamos? —dijo con un tono feliz en su voz.

Le miré sin poder esconder mi creciente enfado.

—Sí, vámonos, no sea que cierren la farmacia y no puedas comprar los condones.

Me incliné un poco hacia la ventanilla y, cerrando los ojos, hice ver que me dormía para que no me hablara en todo el viaje.

Elsa había movido algunos hilos para hacernos una reserva aquella mañana en el estudio de grabación que solíamos alquilar. Nos quedaba muy poco por hacer y estaba ansiosa por acabar.

Con un largo sorbo, terminé mi café y lancé el vaso de papel a la papelera que había junto a la puerta, justo en el momento en el que ésta se abría de par en par dando paso a un risueño Logan.

—Buenos días —Me sonrió.

—Ey —me limité a decir mientras me giraba hacia la mesa de mezclas.

Él hizo caso omiso de mi frío humor y se adentró en la sala mientras se quitaba la chaqueta de cuero negro. Le observé mientras se ponía tras el micro, verificando la altura y la inclinación. Llevaba una camiseta azul marino de cuello de pico que hacía resaltar sus ojos. En el cuello, un foulard de color blanco con rayas finas de color gris caía de una manera desordenada sobre sus hombros y se enroscaba en su cuello. Como si supiera que yo estaba mirando aquella prenda en concreto, Logan se la quitó con un par de tirones, dejando al descubierto sus clavículas y su garganta. Justo al lado de su nuez, una mancha morada y de forma ovalada no me dejó lugar a dudas de que Logar había pasado una noche animada.

Sentí como mi mandíbula se apretaba sin comprender por qué me molestaba tanto aquello.

—¿Empezamos? —mi voz sonó cortante.

Logan, se ajustó los auriculares, levantó su pulgar y yo me puse manos a la obra.

A medida que la canción avanzaba y la voz rota de Logan inundaba por completo mis oídos, me fui relajando y concentrándome en hacer bien mi trabajo.

Sin reconocer exactamente la fuente de origen, un sonido zumbarte se filtró en la grabación.

Logan paro en seco y me miró con los ojos bien abiertos.

—Perdona, es mi móvil.

Se inclinó sobre su chaqueta que estaba colgada de un atril y sacó su teléfono.

—Logan, no me fastidies, sabes que tengo prohibidos los móviles dentro del estudio.

Él me ignoró mientras revisaba la pantalla y su rostro se volvía serio.

—Lo siento, tengo que contestar —Se llevó el teléfono al oído—. Marie Jo, ¿hay algún problema?

Solté un bufido mientras desconectaba el intercomunicador. No me apetecía en absoluto oír la conversación, seguramente picante, entre Logan y la chica que le había hecho aquel chupetón en el cuello.

Cinco minutos después, Logan colgó y yo no dudé en hacerle ver lo cabreada que estaba.

—Espero que lo hayas apagado.

Él me miró a través de la cristalera y me enseñó el teléfono completamente en negro.

—Era algo urgente. Lo siento.

Solté un resoplido.

—La próxima vez dile a tus zorritas cuáles son tus horarios de trabajo, porque la llamadita de Mary Jo nos ha jodido una buena grabación.

Los ojos de Logan se clavaron en mí con un odio tan intenso que, por un momento, la sangre se me heló en las venas.

—Mary Jo no es *ninguna de mis zorritas*.

—Me da igual lo que sea.

Sentía el azul de los ojos de Logan, frío como el hielo, atravesándome con sus pupilas.

—Me importa una mierda lo que opines o digas de mí, pero a ella déjala al margen. No hables de lo que no conoces porque tú tampoco es que seas perfecta.

Aquel comentario cargado de veneno me hirió de una manera tan profunda que casi pude sentir como me rompía por dentro.

Logan y sus palabras me tendrían que importar bien poco, pero por alguna razón que desconocía no era así.

—Lo que sea —rugí—. Vamos a terminar este maldito proyecto cuanto antes para poder perderte de vista.

Desactivé el intercomunicador y solo vi que Logan gesticulaba con las manos mientras decía algunas palabras que obviamente no oí.

Me coloqué bien los auriculares y levanté mi pulgar con una sonrisa falsa indicándole que ya podía empezar a trabajar de nuevo.

11

$\mathcal{S}age$

Me dejé caer animada en el sofá tapizado de terciopelo turquesa entre mi amigo Sam y Liam y recoloqué con cuidado mi vestido negro ajustado a mis curvas. Aquella noche estaba de muy buen humor, no solo por estar celebrando mi cumpleaños en uno de los locales musicales más de moda en la ciudad, sino porque, por fin, había terminado las grabaciones del disco de Logan y llevaba cuatro maravillosos días sin verle.

No estaba orgullosa de cómo habían terminado las cosas entre nosotros, la última sesión había sido, por decirlo de una manera elegante, tensa, y una pequeñísima parte de mí se sentía mal por haber actuado como alguien sin corazón.

Pero tenía mis motivos. Me estaba protegiendo del peligro.

Sam me rodeó con su brazo y me acercó hacia él mientras Adam, sentado frente a mí le tendía una bolsa de papel de colores brillantes.

—¿Qué es eso? —pregunté haciéndome la tonta como si no supiera que era mi regalo de cumpleaños.

—Esto, *ma chérie*, es de parte de todos —Sam me tendió el regalo. No pude disimular una enorme sonrisa.

—¡Qué emoción! —Abrí la bolsa y saqué un enorme paquete cuadrado envuelto con un chillón papel estampado con margaritas.

Con mucha delicadeza, empecé a tirar de todas las partes del papel pegadas con cinta adhesiva mientras oía un suspiro desesperado de Liam, quien seguramente estaría poniendo los ojos en blanco en aquel momento.

—No puede ser que seas de esas personas que no rasgan el papel.

Miré con malicia a la pelirroja, amiga de Adam y nueva incorporación al grupo.

—No le digas eso, River —murmuró Adam al oído de la chica—. Ahora tardará aún más para fastidiarnos.

Solté una risa suave.

—Me conoces demasiado bien.

Introduciendo un solo dedo por una obertura me deshice de otro trozo de cinta adhesiva.

—¡Oh, por Dios! —Liam fingió desesperación—. Sage, puedo sentir como envejezco.

Me incliné hacia él y, lanzándole un besito al aire, terminé de abrir el regalo. Me quedé un momento mirando la caja y, al descubrir qué era, la abracé contra mi pecho.

—¡Son los auriculares con orejas de gato que quería! —Volví a mirar mi regalo—. ¡Y son amarillos! Me encantan. ¡Gracias chicos!

Sam me abrazó, zarandeándome como a unas maracas.

—Lo que sea por nuestra Sage —murmuró Liam un poco serio pero con el cariño implícito en sus palabras.

—Pero aún hay más —canturreó Adam.

—¿Más? —soné emocionada guardando mi regalo con cuidado en la bolsa.

De pronto, sentí como una diadema se deslizaba por mi cabeza guiada por las manos de Sam.

—¿Qué me has puesto?

—¡Mira! —Liam me acercó su teléfono con la cámara frontal activada para que pudiera verme.

Sobre mi cabeza, había una diadema de purpurina con estrellas sujetas con muelles que se agitaban con mis movimientos y una enorme frase que decía "hoy cumplo veinticinco".

—Es lo más hortera y adorable que he visto nunca.

La pelirroja soltó una carcajada musical y Adam se la quedó mirando algo embobado.

—¿Te gusta, *mon amour*? —Sam me peinó con cariño y me plantó un beso en la mejilla.

—Me encanta, muchas gracias chicos —Me puse en pie—. Estoy tan feliz que voy a por una ronda de copas para que empiece la fiesta.

—Tú si que nos conoces —vitoreó Liam.

Sintiéndome feliz e ignorando las miradas que algunas personas del local me lanzaban a causa de mi diadema de cumpleaños, me acerqué a la barra. El camarero corría de un lado a otro atendiendo los pedidos y decidí esperar un poco a que el estresado chico se calmara.

No tenía prisa, era mi noche y me sentía feliz y llena del amor de mis amigos.

—Feliz cumpleaños, productora.

La voz de Logan, a mi espalda, hizo que todos mis músculos se tensaran. Me giré y levanté la cabeza para mirarle directamente a los ojos y sentí como si un rayo me hubiera atravesado. Vestido con unos vaqueros grises y una camiseta rosa salmón que destacaba la tinta bajo su piel y sus músculos, tenía los ojos clavados en mí.

—¿Qué haces aquí?

—Tranquila —Él se movió cambiando su peso de una pierna a otra, nervioso—. Vengo en son de paz.

—¿Qué quieres? —Señalé a mis amigos—. Tengo que volver pronto con mi grupo.

—No me gustó cómo terminaron las cosas entre nosotros, me puse un poco capullo y sé que te hice sentir mal.

—Ya, yo también fui un poco borde pero… —Me toque instintivamente la diadema intentando sentirme menos incómoda—. Así son siempre las cosas entre nosotros, ¿no?

Él se encogió de hombros.

—Te he traído algo.

Logan me ofreció un pequeño paquete envuelto con un enorme lazo rojo y yo lo cogí con un poco de cautela.

—No hacía falta.

—Claro que sí —Señaló mi diadema con un punto divertido—. Hoy cumples veinticinco, ¿no?

Me quedé mirando el regalo entre mis manos unos segundos, como si de un paquete bomba se tratara, intentando comprender de dónde había salido aquel gesto tan amable, y lo más misterioso de todo ¿por qué Logan estaba haciendo aquello?

Sentí como sus ojos cobalto se clavaban en mí y, tirando de una de las puntas del lazo, lo desenvolví, dejando al descubierto una caja de terciopelo negra.

La sonrisa de Logan fue prácticamente cegadora justo en el momento en el que abría la caja y sacaba algo de su interior.

Entre mis dedos, se deslizo una fina cadena de la que colgaba un pequeño trébol de cuatro hojas lacado en color amarillo. En una de las hojas, brillaba una pequeña piedra que parecía un discreto diamante. Lo elevé frente a mis ojos para verlo bien con la escasa luz del local.

En mi interior, un montón de emociones se arremolinaban unas con otras sin dejarme sentir ninguna en concreto.

Logan me arrebató el colgante de las manos e inclinándose hacia mí me lo colocó en el cuello. Sentí como sus cálidos dedos rozaban la piel expuesta de mi nuca y mi respiración se cortó.

—Espero que este trébol cambie tu mala suerte —me susurró en el oído.

Durante unos breves instantes, se quedó quieto, con su cabello rozando mi mejilla, dejándome sentir la calidez de su cuerpo, prácticamente pegado al mío.

Se separó lentamente, mirándome a los ojos y esbozó una media sonrisa pícara.

—Acaba de pasar un buen cumpleaños, Sage. Te mereces ser feliz.

Sin que yo tuviera la más mínima oportunidad de decirle nada, Logan giró sobre sus talones y desapareció tan rápidamente como había aparecido, dejándome allí, de pie, atónita por lo que acababa de pasar, con un nudo en la garganta mientras su frase se repetía, casi con eco, en mi mente: *Espero que este trébol cambie tu mala suerte.*

Sin poderlo evitar, una lágrima rodó por mi mejilla y supe con total certeza que Logan había conseguido llegar hasta lo más profundo de mi ser con aquel pequeño trébol amarillo.

12

$\mathcal{S}age$

Los nubarrones que amenazaban con descargar una potente tormenta en cualquier momento, eran la imagen perfecta para representar el humor que tenía aquel día.

La tristeza que sentía se debía al hecho de que, justo un día como aquel, hacía siete años, había vivido la peor noche de mi vida, y aunque cada año intentaba evitar el mal recuerdo celebrando mi cumpleaños rodeada de personas que me aportaban felicidad, cuando me despertaba al día siguiente, siempre me sentía abatida y sin fuerzas.

Miré por la ventana del café donde me había citado aquella tarde con Logan justo en el momento en el que le vi aparcar su pick-up de color negro. Cuando se bajó de ella y le vi acercarse a la entrada del local vestido con su habitual cazadora de cuero de chico malo y sus vaqueros ajustados me pregunté a mí misma por qué le había invitado a un café. Instintivamente, me acaricié el trébol amarillo que colgaba en mi cuello.

La noche anterior había tenido un detalle precioso conmigo y yo quería agradecérselo y firmar una tregua con él.

Que me pareciera un chico peligroso a nivel personal, no quería decir que no pudiéramos tener una relación sana como "colegas musicales".

Logan entró y no tardó en localizarme con sus brillantes ojos cobalto.

—Hola —Se sentó frente a mí sonriente—. ¿Hace mucho que esperas?

—No, acabo de llegar —mentí.

Un camarero se nos acercó y le pedimos un par de cafés. Nos quedamos en silencio mientras el chico preparaba nuestro pedido y a los pocos minutos dejaba dos tazas humeantes frente a nosotros.

Logan se limitaba a mirarme con el rostro impasible y yo cada vez estaba más arrepentida de haberle invitado movida por un impulso.

Él localizó un sobre de edulcorante en una cajita que había junto a las servilletas y me lo dejó junto a la taza.

Mierda, ¿desde cuándo era tan detallista?

—Me sorprendió mucho tu mensaje de ayer.

—Me educaron para ser agradecida.

Los ojos de él descendieron por mi cuello hasta el escote de mi camiseta negra donde resaltaba el trébol amarillo.

—Al ver que me lo mandaste a las cuatro de la madrugada pensé que estabas borracha y, si te soy sincero, me he pasado todo el día esperando a que anularas esta cita.

Abrí el sobrecito de edulcorante y lo eché en el café.

—No te confundas, Logan, es un café de agradecimiento por el regalo, no una cita.

Él hizo un puchero dejándose caer en el respaldo de la silla.

—¿Por qué te empeñas en partirme siempre el corazón? —se burló.

Me limité a remover el café sin entrar en su juego. Aquel día no tenía fuerzas de nada.

—¿Estás bien? Pareces algo triste —Me escrutó con la mirada.

—Siempre me pongo algo melancólica el día después de mi cumpleaños.

—Nunca habría dicho que eres de ese tipo de personas a las que les deprime acumular años.

Meneé la cabeza y mi media melena se enroscó en mi cuello.

—Y no lo soy —Bajé la mirada y empecé a doblar el sobrecito de edulcorante—. Pero soy de las que tienen malos recuerdos asociados a un determinado cumpleaños.

La expresión de Logan cambió, endureciéndose un poco. Como si me comprendiera.

—¿Necesitas hablar de ello?

Mis ojos se posaron en los suyos.

—Necesito olvidarme de ello.

Él apuró de un trago su café, haciendo una leve mueca al sentir el calor del líquido que seguro que le había quemado la lengua y se sentó en el filo de la silla.

—Termínate el café, te quiero llevar a un sitio.

—¿A dónde? —Entrecerré los ojos.

—¿Confías en mí?

Una sonrisa fría se materializó en mis labios.

—Obviamente, no.

La sonora risa de Logan fue lo último que oí justo antes de que me cogiera de la mano y, dejando algunos billetes sobre la mesa, me arrastrara a la calle.

—¡Logan! —me quejé mientras tiraba de mí hacia su pick-up—. ¿Qué haces?

—Llevarte a un sitio que hará que tu humor cambie.

Mis cejas se fruncieron mientras negaba con la cabeza.

—No creo que…

—¡Vamos, productora! —Abrió la puerta del conductor—. No te hagas de rogar.

Sin saber exactamente qué era lo que pretendía Logan, rodeé el vehículo por la parte trasera y mis ojos se detuvieron al ver los objetos que había medio tapados con una lona en el maletero descubierto. Unos sacos marrones llenos de algo que no supe identificar, una cuerda y una pala llena de barro.

Me subí al asiento del copiloto y le miré con los ojos bien abiertos.

—¿Vas a matarme y a enterrarme en medio del bosque?

—¿Qué? —Empezó a reír.

—Lo digo por lo que llevas en la parte de atrás.

Logan se limitó a encender el motor y, tras asegurarse de que me había puesto el cinturón, emprendió la marcha.

—Esas cosas no son para ti —Me miró de soslayo poniéndose serio—. Pero las usaremos luego.

—¿Pretendes asustarme?

—¿Funciona? —su voz sonó divertida.

—Para nada.

Una carcajada fue su única respuesta. Con un movimiento de sus dedos en un botón del volante, puso un poco de música y ambos nos quedamos en silencio mientras se adentraba por las calles que llevaban a las afueras de la ciudad.

Cuando el paisaje urbano fue remplazado por uno mucho más boscoso y la carretera empezó a ser más un camino de tierra, empecé a replantearme la idea de que mi asesinato no hubiera sido una broma.

Logan percibió la tensión en mis músculos y pareció divertirse con ello.

Era un chico malvado.

La pick-up se adentró por un camino secundario, mucho más estrecho, tanto que de vez en cuando alguna rama de un árbol rozaba la carrocería y, en apenas unos minutos, llegamos ante una enorme puerta metálica, rodeada por un alto muro.

—¿Qué es esto? ¿Una prisión?

Él giró lentamente su cabeza hacia mí, con una expresión seria, casi oscura.

—Si te digo que sí… —Sonrió de medio lado—. ¿Te asustarías?

—No es una prisión —Me crucé de brazos y miré al frente viendo como la puerta se abría con lentitud.

—Nop —Se rió—. Es algo muchísimo mejor.

Cuando nos adentramos en el recinto, tardé unos segundos en reconocer qué era aquel enorme lugar. Ante nosotros, se abría una explanada llena de arboles plantados cada pocos metros y donde había media docena de vehículos aparcados justo en un lado. Tras estos, se podía ver una edificación de ladrillo rojo de un piso y un montón de recintos de gran tamaño, vallados y llenos de perros.

En cuanto aparcamos, varios perros que corrían sueltos por el aparcamiento se acercaron a olfatear el coche de Logan.

—Bienvenida a mi lugar preferido en el mundo.

—¿Me has traído a una perrera?

Él movió la cabeza.

—No, esto es un refugio de animales —Miró a un par de cachorros que corrían frente a notros—. Más bien es un santuario.

Me quedé un segundo pensativa mientras la brillante sonrisa de él me deslumbraba. Sin duda, era su lugar preferido.

—Logan, no pienso adoptar un perro para ser feliz, yo no…

—No es esa la idea —Abrió la puerta del coche—. ¡Vamos!

Cuando bajé del coche me vi, al instante, rodeada por tres perros de razas indescifrables que, entre saltos y lametones, llamaban mi atención. Logan se acercó a mí, apartándome a un perro enorme de color negro y riéndose disimuladamente al verme petrificada.

—¿No te gustan los animales?

—Sí…

Él palmeó el cabezón del perro negro, que se sentó a su lado.

—Quién lo diría viendo tu cara ahora mismo —se burló.

—Es que no esperaba tanto perro.

Logan estalló en carcajadas y, sin saber cómo, una brizna de su buen humor se me contagió y sonreí.

De pronto, apareció un perro de color blanco que cojeaba un poco y que llamó la atención de Logan.

—¡Pero si es mi chica preferida! —La perra se acercó a él y pude ver que estaba medio ciega—. ¿Cómo está hoy mi Penny?

La imagen de Logan acuclillado en el suelo acariciando con las dos manos la cabeza de la perra hizo que algo cálido se extendiera por mi pecho.

—Mira, Penny —Logan me miró—. Ésta es mi amiga Sage.

Yo di un paso hacia ellos y acaricié con la punta de los dedos el duro pelo de la cabeza de Penny.

—Hola —murmuré sintiéndome ridícula por hablarle a un animal.

Ella me olfateó la mano y al segundo empezó a lamerme con una enorme lengua rosada. Lejos de darme asco, me pareció tierna.

—Parece que le gustas —Él se puso en pie—. Tómatelo como un halago, no todo el mundo le cae bien.

Le lancé una mirada de soslayo sin aceptar del todo el cumplido.

—Parece muy vieja.

—Sí, es la veterana del refugio, lleva con nosotros tantos años que casi he perdido la cuenta —Acarició las orejas caídas de Penny y le plantó un sonoro beso en la frente—. Somos viejos amigos, ¿verdad, bonita?

Una voz que sonó lejana empezó a decir algunos nombres, entre los que estaba el de Penny, y la perra desapareció cojeando, pero a una velocidad que me sorprendió.

Parecía que era la hora de comer.

Logan, a mi lado con la cabeza un poco inclinada y un brillo amable en sus ojos, la miraba mientras se alejaba con otros perros.

—Wow —Me crucé de brazos y me apoyé contra la puerta de la pick-up—. Las chicas deben caer rendidas a tus pies en cuanto las traes aquí. El numerito del chico tierno con los animales es bueno.

Él se giró lentamente hacia mí y se apoyó en el coche, justo como estaba yo. Me miró unos segundos a los ojos con una expresión seria, pero con un punto amable.

—Yo no traigo chicas a este sitio.

—¿Ah, no?

Negó con la cabeza y se inclinó hacia mí, acercando su rostro al mío. Intenté retroceder pero el retrovisor me impedía que me moviera, así que me quedé atrapada en su mirada azul oscuro.

—No, nunca —susurró con voz ronca.

Con un gesto que pareció hecho a cámara lenta, cogió entre sus dedos uno de mis mechones de cabello y lo colocó detrás de mi oreja. Las yemas de sus dedos dejaron una leve caricia cálida sobre mi piel y después se apartó.

Me olvidé de respirar por un instante, hasta que mi cerebro volvió a activarse.

—Esto es aún mejor de lo que pensaba —Solté una carcajada irónica—. Las traes aquí, les dices que nunca traes a chicas y ¡zas! Ya son tuyas. Bravo, realmente eres muy bueno en el arte de seducción.

Logan llenó de aire sus pulmones y puso los ojos en blanco.

—Piensa lo que quieras —Empezó a caminar—. Vamos, te presentaré a Mary Jo.

De pronto, sentí como si me hubieran tirado un jarro de agua fría.

—¿Mary Jo?

Él se limitó a hacer un sonido de afirmación mientras se acercaba a la edificación de ladrillo rojo.

¿Logan me había llevado allí para que conociera a una de sus amantes?

13

Logan

No podía evitar que me molestara un poco que Sage no supiera que era especial para mí por haberla llevado al refugio, pero en el fondo sabía que aún me quedaba mucho camino por recorrer antes de que la salvaje morena de ojos verdes se fiara de mí.

Justo antes de entrar en las oficinas, Carl, uno de los voluntarios, se cruzó en mi camino y me saludó con una sonrisa.

—Ey, Logan, ¿has traído la pala y el pienso?

—Sí, están en la parte trasera de mi pick-up —Fruncí el ceño—. ¿Para qué necesitas la pala?

—¿Sabes los cachorros que nos trajeron la semana pasada?

—Si

Carl se pasó la mano por la nuca riendo con un punto de desesperación.

—Uno de ellos ha cavado un agujero enorme en la valla que queda junto al río y le ha dado por escaparse cada noche.

Solté una carcajada.

—¡Menudo trasto!

—Sí, ya tenía cara de travieso cuando lo trajeron.

Ambos nos reímos.

—Ve adelantándote y ahora te alcanzo para ayudarte —Señalé a Sage que estaba petrificada junto a mi coche—. Quiero presentarle alguien a Mary Jo.

Carl asintió con la cabeza y le echó una rápida mirada a Sage, que parecía estar buscando un sitió por el que huir.

—Oye, es muy guapa —me susurró.

—Cierra el pico —Le empujé con cariño.

El chico se alejó en la dirección contraria en la que iba yo y me giré mirando a Sage con una fingida indignación.

—¿Vas a venir sola o tengo que arrastrarte?

Ella se me acercó nerviosa.

—¿Por… Por qué quieres que conozca a esa chica?

Ambos entramos en las oficinas y caminamos por el pasillo que llevaba directo al enorme despacho de Mary Jo.

—Porque es la dueña de este lugar —me callé gran parte de la información porque adoraba jugar con Sage—. Entra, por favor.

Ella miró dubitativa la puerta abierta y se adentró con pasos pequeños y tímidos.

Mary Jo estaba agachada frente a un enorme archivador, guardando algunos papeles, seguramente facturas del mes anterior. Tenía su cabello gris recogido en una coleta alta y vestía una camisa marrón con el logotipo del refugio y unos pantalones a juego.

—¡Hola! —dije alegre.

Ella se levantó al reconocer la voz y se giró sonriente, pero cuando reparó en la presencia de Sage, una sonrisa ladeada, igual que las mías, se dibujo en su rostro.

—Hola, hoy vienes pronto, Logan —Dio un paso hacia nosotros, dejando algunos papeles sobre su desordenado escritorio—. Y muy bien acompañado.

A mí lado, Sage estaba tensa.

—Ésta es Sage.

Mary Jo me miró un segundo con sus ojos azules cargados de dobles sentidos. Cuando me miraba así, nada bueno pasaba.

—¿Sage?… Esa Sage.

—Sí —solté un bufido—. Sage, mi productora.

—Tendrás que perdonar mi entusiasmo, preciosa —Mary Jo se acercó a ella—. Pero es que Logan habla bastante de ti.

—¿Bastante? —su voz fue un susurro.

—No te creas que tanto —aclaré—. Mi madre es una exagerada.

Sage giró la cabeza de golpe y se me quedó mirando con una expresión de no comprender nada.

—¿Madre?

Mary Jo se colocó a mi lado y me cogió del brazo.

—Sí, el parecido es razonable si te fijas —Me zarandeó un poco—. Aunque este crío se niega a llamarme mamá desde que cumplió los trece años y entró en su fase adolescente rebelde.

—Eso es porque te empeñabas en llevarme cada día al instituto y darme un beso delante de todo el mundo.

—¡Oh, vamos! ¿Qué problema hay en despedirse cariñosamente de tu hijo?

—Ninguno —Puse los ojos en blanco—. Pero es que era un beso en la boca.

Mary Jo se apoyó contra el escritorio y miro a Sage divertida.

—El problema es que estaba avergonzado porque con trece años era el más bajo de su clase y estaba un poco rellenito —Hinchó de aire sus mejillas en una mueca burlona.

—¡Mamá!

Ella me miró con los ojos entrecerrados.

—Ah, ¿ahora sí soy mamá? —Soltó una carcajada.

Sage se limitaba a mirarnos como si de un partido de tenis se tratara, posando cada pocos segundos la mirada sobre uno de nosotros. Tenía una expresión confusa pero con una brizna de diversión en sus ojos.

—Y bien, ¿has venido de voluntaria? —comentó mi madre.

—No, la he traído solo de visita —aclaré antes de que le diera un uniforme, un saco de pienso y la pusiera a trabajar.

—Bueno, ya que estoy aquí no me importa ayudar —murmuró Sage un poco tímida.

La miré sorprendido y orgulloso y una enorme sonrisa me iluminó el rostro. Mi madre me miró y yo me puse serio de pronto.

Maldita sea, a aquella mujer no se le escapaba nada. Casi podía oír como en su cabeza ya empezaba a hacer la lista de invitados a nuestra boda.

Tendría que hablar con ella antes de que asustara a Sage.

—Eres una persona más de relacionarse con gatos, ¿verdad, preciosa?

—Bueno, mis abuelos tenían un gato cuando yo era muy pequeña.

Mary Jo entrecerró los ojos mirando de arriba abajo a la chica, que se movió algo nerviosa.

—Sí, tienes ciertas vibraciones felinas.

—Las tiene, sí —Miré a Sage—. A veces hasta me estufe.

—¡Yo no te…! —Sé quedó pensativa un instante—. Bueno, a veces te lo buscas.

La carcajada de mi madre sonó por encima de la habitación, estaba encantada con aquello.

—Logan, creo que será perfecta para el recinto de los *inadaptaditos*.

—¿*Inadaptaditos*? —comentó Sage lanzándome una mirada de interrogación.

—Así llama Mary Jo a los gatos que aún no saben sociabilizar con humanos.

Mi madre se acercó a ella sonriente.

—Tranquila, el trabajo es sencillo, solo has de sentarte en su jaula y dejar que se acostumbren a tu presencia, se trata de que poco a poco vean que no eres un peligro.

—Eso puedo hacerlo —Sage sonrió animada.

—Genial, entonces —Mary Jo volvió a su mesa y recupero un montón de papeles—, os veré dentro de un rato, estas facturas no se van a archivar solas.

A sabiendas de que mi madre había dado por finalizada la conversación, me encaminé a la salida seguido de cerca por Sage, que parecía estar de mucho mejor humor.

La guié con pasos rápidos por el exterior del refugió dejando atrás la zona donde estaban los perros y poco a poco nos adentramos por un camino flanqueado por casetas mucho más pequeñas y algunos recintos vallados.

Cuando llegamos a la jaula de los inadaptados, giré sobre mis talones para mirar directamente a Sage.

—Aquí está tu objetivo.

—El recinto es bastante más pequeño que el resto.

—Sí, hay pocos gatos dentro, unos once creo que hay ahora —Miré a ver si se veía alguno, pero parecía una enorme jaula vacía—. En cuanto se acostumbran a los humanos, los dejamos sueltos o los trasladamos a otros recintos más grandes, pero mientras eso no pasa, aquí se sienten más seguros.

Sage escudriñó con la mirada entre las casetas y el par de rascadores que había dentro.

—Parece que no hay gatos.

—Pero los hay —susurré—. Sólo que no se fían de nosotros.

Con un movimiento lento, abrí la puerta y le indiqué a Sage que entrara.

—¿Entonces sólo tengo que sentarme aquí y esperar?

—Si —Ella entró—. No intentes tocarlos si ellos no quieren, algunos son un poco salvajes.

Sage localizó una manta en el suelo y se sentó sobre ella con las piernas cruzadas.

—No pensaba hacerlo.

—Genial, no me gustaría tenerte que llevar a urgencias toda arañada.

Ella puso los ojos en blanco mientras yo cerraba la puerta.

Cuando el cerrojo emitió un click, me aparté un paso y la observé allí encerrada, sentada casi hecha una bolita y con sus enormes ojos verdes, que hasta ahora no me había dado cuenta que parecían los de una gata.

—Logan, ¿Por qué sonríes así?

Mi sonrisa ladeada hizo acto de presencia mientras un cosquilleo se adueñaba de mi vientre.

—Porque me hace gracia ver a la indomable Sage encerrada en una jaula.

Ella soltó una palabra malsonante mientras yo me alejaba entre carcajadas.

14

Sage

Me quedé un rato mirando el camino por el que se había marchado Logan y de pronto una idea asaltó mi mente. ¿Se podía salir de aquella jaula abriendo desde dentro? Entorné un poco los ojos hasta que vi que sí, el cerrojo de la puerta se podía accionar también desde el interior.

No sabía cómo había pasado de planear un inocente café de agradecimiento para Logan a estar en una jaula con varios gatos antisociales que, tras diez minutos allí sentada casi sin respirar, no habían dado señales de vida.

¿Me estaría gastando Logan o su madre una broma?

Al pensar en Mary Jo, recordé la última pelea en el estudió con él. Ahora comprendía por qué se había cabreado tanto conmigo y es que yo, aunque sin saberlo, había llamado zorra a su madre.

¡Bien hecho, Sage!

Cerré los ojos con fuerza, sintiéndome bastante mal por lo sucedido justo en el momento en el que algo rozaba una de mis rodillas. Sin moverme ni un milímetro, abrí los ojos y vi una pequeña bola de pelo de color naranja, bastante despeinada, olisqueándome los pantalones con curiosidad.

Solté un sutil suspiro y, tras mirarme con unos enormes ojos amarillos, se alejó de mí un metro.

—No pasa nada, pequeñín —susurré.

El gatito se sentó. Estaba cerca de mí, pero a la suficiente distancia como para tener que levantarme si quería tocarlo.

Nos quedamos mirando el uno al otro durante un rato, hasta que un gato un poco mayor, blanco y negro, asomó la cabeza entre un par de casetas.

Para cuando ya llevaba allí más de media hora, había conseguido ver a seis, de todos los tamaños y colores y que ahora, acostumbrándose a mí, se atrevían a caminar cerca, limpiarse o simplemente escrutarme sus ojos enormes.

Me sentía cómoda allí con ellos; de alguna manera nos comprendíamos. Quizás yo también era una *inadaptadita*, como les había llamado Mary Jo.

Un sonido sordo me llamó la atención y vi un gato negro encima del tejado de una de las casetas que quedaban a mi izquierda. Su cabeza quedaba a la altura de la mía y nos separaban un par de metros.

Nos observamos un largo rato.

Su pelaje brillante era escaso en algunas zonas y solo tenía un ojo verde brillante que estaba fijo en los míos. A pesar de que parecía haber sufrido algún accidente que justificaba sus heridas, me pareció precioso y sentí una conexión con él.

A él le pareció lo mismo, porque al poco tiempo de observarme, se me acercó con pasos silenciosos y lentos y empezó a olisquearme las deportivas.

Yo no me atrevía a moverme y me limité a observarle.

Cuando se dio la vuelta con la cola levantada, señal de que me estaba empezando a aceptar, pude ver que en realidad era una hembra.

—Hola, bonita —susurré muy bajito—. ¿Y tú quién eres?

Ella se giró y me miró, antes de acercarse a mi mano, que descansaba sobre una de mis rodillas.

Y entonces pasó lo más maravilloso del mundo.

Inclinó un poco su cabeza y, como si me conociera de toda la vida, se restregó contra mi mano aceptando mi presencia por completo.

Con mucho cuidado, me moví para acariciarla en la mejilla y ella cerró su ojito aceptando de buen grado el mimo.

—Madre mía —jadeé encantada—. Eres adorable.

Para cuando había pasado algo más de una hora ya tenía al gato naranja jugando con los cordones de mis deportivas, a un gato muy gordo con rayas grises olfateándome la cabeza desde el techo de una caseta cercana y a la gata negra de un solo ojo tumbada a mi lado, rozándome la pierna con su cuerpecito y exigiéndome de vez en cuando una caricia con un maullido un punto afónico.

Unos pasos lentos por el camino que conducía a aquella jaula hicieron que algunos de los gatos huyeran, pero la gata negra se limitó a esconderse un poco tras de mí y yo me sentí eufórica por su confianza.

—Hola —dijo Logan con un tono suave—. ¿Cómo te ha ido?

—Bastante bien —Me aparté lentamente para que viera la gata tras de mí—. He hecho una nueva amiga.

La sonrisa de Logan fue amplia y llena de felicidad.

—Así que has congeniado con Phoenix.

—Si —sonreí sintiéndome muy orgullosa.

—Pues ella en concreto no es un público fácil.

Logan entró en la jaula con pasos muy lentos y se arrodilló frente a mí. Estaba muy cerca y hasta ese mismo momento no me había dado cuenta de que se había cambiado de ropa y ahora vestía unos vaqueros bastante viejos y una camisa de cuadros que le sentaba demasiado bien. La ropa estaba cubierta de polvo y tierra y bajo sus uñas había un poco de barro, como si hubiera estado cavando o plantando algo.

Sonreí para mis adentros; me gustaba saber que era capaz de hacer trabajos duros sin quejarse, simplemente por el bien de aquellos animales.

Moví la cabeza, apartando los pensamientos que me estaban haciendo sonreír como una estúpida y vi como Logan se inclinaba hacia un lado de mi cuerpo y extendía un brazo hacia la gata.

—¿Tienes una nueva amiga, Phoenix?

Ella le olisqueó con lentitud y finalmente se acercó un poco a él permitiéndole que le rascara entre las orejas.

—¿Ya la conocías?

—Sí, fui yo quién la rescató del incendio.

Mi cuerpo se tenso.

—¿Incendio?

El semblante de Logan se endureció y se sentó con las piernas cruzadas como yo, mientras veíamos a Phoenix tumbarse entre nosotros.

Algún gato más había reconocido a Logan y ya estaba saliendo de su escondite.

—Hace dos meses, algún malnacido metió a Phoenix y a sus bebés recién nacidos en una bolsa —Tragó saliva y vi sus puños apretados—. Los tiró en un contenedor y le prendió fuego.

—Hijo de… —Apreté los labios con furia y mis ojos se fueron directamente a la gata.

—Por suerte, aquel día yo estaba cerca y oí los maullidos que salían del contendor. El incendio no era muy grande y pude rescatarla, pero su ojo y su pelaje quedaron daños por las quemaduras.

Mi corazón se encogió.

—¿Y sus bebés?

Logan se limitó a negar con la cabeza y mi mano se fue directa al lomo de Phoenix y empecé a acariciarla. Ella me miró con su único ojo y entonces supe que aquella gata y yo teníamos mucho más en común de lo que me pensaba.

Ambas compartíamos el mismo dolor.

Como si ella quisiera consolarme más a mí que yo a ella, restregó su cabeza contra mi mano y emitió un leve ronroneo.

Logan nos observó en silencio durante un largo rato como si supiera que yo estaba procesando algo demasiado grande para hablar.

Cuando estuve lista le miré y él esbozó una leve sonrisa que me derritió por dentro. Como si sintiera mi dolor sin que yo le hubiera dicho absolutamente nada.

¿Era yo tan transparente?

—Deberíamos marcharnos —me comentó con una voz suave y algo rota.

—Sí —Acaricié a Phoenix.

Logan se puso en pie y yo le imité. Phoenix y otros gatos alertados por el repentino movimiento se escondieron.

Salimos de la jaula en silencio y, cuando Logan se giró para cerrar, busqué a la gata negra. Estaba asomando su cabecita desde detrás de una caseta y me miraba fijamente.

Algo en mi interior se me rompió. Como si la estuviera abandonando allí. Como si ella me necesitara, o peor, como si yo la necesitara a ella.

Tragué saliva mientas una sensación me apretaba el pecho.

Sentí la mano de Logan que me acariciaba el brazo en un sutil movimiento, uno solo, pero que me hizo acelerar el pulso.

—¿Sabes? Puedes venir a verla a ella y a los demás cuando tu quieras. Mary Jo siempre está aquí y estará encantada de que nos ayudes.

Phoenix se asomó un poco más.

—Sí, volveré —dije más para Phoenix que para él.

Logan dio un paso alejándose de mí, pero yo me negaba a romper el contacto visual con la gata.

—Tranquila, Sage —susurró—. Phoenix estará bien.

—Sí, claro —Me giré con desgana y empecé a caminar.

Cuando apenas había avanzado un par de metros, me volví y vi a Phoenix, que estaba sentada en medio de la jaula, en la manta en la que yo había estado, mirando como me alejaba y mi corazón se rompió.

15

Sage

Dejé mi coche en el aparcamiento en el mismo sitió en el que lo había estado dejando los últimos diez días y me encaminé hacía el edificio de ladrillo rojo.

Tras conocer a Phoenix, me había pasado dos días debatiéndome entre volver a verla o olvidarme de la gata, ya que en el fondo sabía que allí estaba bien cuidada. Pero cada vez que me iba a dormir, su brillante ojito verde esmeralda aparecía en mi mente, lleno de falta de amor y ternura y algo en mi interior se rompía. Así que al final, acabé ajustando mi horario para poder ir cada tarde a pasar un rato, aunque fuera poco, con la gata negra y los demás.

Carl y un par más de voluntarios ya se habían acostumbrado a mi presencia y ya intercambiamos más que algún saludo cortés.

A pesar de ser el refugio de la familia de Logan, no había vuelto a verle. Estaba segura de que Elsa le tenía súper ocupado ultimando los detalles del lanzamiento de su primer disco que planeaban que fuera un éxito.

Cuando entré en la oficina de Mary Jo para saludarla y pedirle permiso para ir a la jaula de Phoenix, me quedé sorprendida. Ella, detrás de su escritorio, parecía estar esperándome con un par de tazas de algo que parecía té.

—Tan puntual como siempre —Mary Jo me sonrió—. Siéntate, preciosa.

Dudé un segundo; por algún motivo aquella inesperada reunión me ponía ansiosa.

—Voy algo justa de tiempo y me gustaría…

—Tranquila, Phoenix te estará esperando.

Me senté en la silla frente a ella que me señalaba cortésmente con la mano y respiré profundamente. Al parecer, llevaba un largo rato sin hacerlo y no me había dado cuenta.

—Sage, seré directa —Asentí con la cabeza—. ¿Conoces bien a Logan?

Aquella pregunta me dejó completamente descolocada.

—Hemos trabajado bastantes horas juntos.

—No, me refiero si conoces los detalles personales de su vida actual.

Yo negué con la cabeza mientras aceptaba la taza de té que ella me acercó. Si su madre pretendía que le contara las idas y venidas de su hijo con todas las chicas que llevaba a su cama, lo tenía claro.

Yo no era una chismosa.

—La verdad es que no nos conocemos mucho en ese sentido.

—Entiendo —Bebió un sorbo de té y se quedó pensativa—. Verás, adoro a mi hijo, pero como su madre no puedo evitar preocuparme por él.

—Es comprensible.

—En el pasado, Logan tenía… —pensó un segundo las palabras correctas—. Tendencia a ir con malas compañías y ello le causó bastantes problemas. Hace años que ya enderezó su camino, pero soy lo suficientemente lista para saber que el mundo de la música a veces se cruza con el mundo de la droga y el alcohol.

Yo sonreí mientras negaba con la cabeza.

—No creo que Logan esté involucrado en nada de eso —la tranquilicé—. He trabajado con varios artistas y noto perfectamente cuando un de ellos ha tonteado con las drogas o el alcohol la noche anterior antes de venir a grabar y Logan siempre viene en perfectas condiciones.

"Con chupetones, pero viene sin resaca", completé en mi mente.

Mary Jo se relajó en su asiento y me sonrió recordándome muchísimo a su hijo.

—Gracias, Sage. Me dejas mucho más tranquila.

Ambas bebimos en silencio y la fragancia del té me recordó al perfume que yo solía usar. Era de jazmín.

—¿Sabes? —rompió el silencio sonriente—. Logan nunca había traído a *una amiga* al refugio.

No pude evitar soltar una irónica carcajada.

—Ya, eso mismo dice él.

—Debes ser alguien muy especial para él para traerte aquí.

Mary Jo me miró de una manera tan intensa que mis mejillas se sonrojaron un poco. ¿Qué pretendía aquella mujer?

—Sólo soy una compañera de trabajo, nada más.

Ella se encogió de hombros y el silenció cayó sobre nosotras.

—Mi hijo tuvo una infancia bastante complicada —soltó de pronto—. Sufrió acoso escolar por su aspecto físico y porque cantaba en el coro de la iglesia. Los niños pueden ser muy crueles.

—Siento oír eso —musité.

—Justo antes de que empezara el instituto, sufrió un cambio muy drástico en su personalidad y empezó a juntarse con malas compañías —hizo una pausa para mirar por la ventana como si así pudiera recordar mejor el pasado—. Perdió mucho peso, tonteó con drogas y hasta se hizo algunos tatuajes. ¿Los has visto?

Un escalofrío recorrió mi espalda al recordar el demonio japonés que llevaba en el antebrazo.

—Sí, los he visto.

—No creas que soy tan anticuada para no aceptar que mi hijo llene de tinta su piel, pero la droga, las amistades de dudosa reputación y todos los problemas derivados de éstas es otra cosa muy diferente. Pasamos una época bastante dura.

—Lo siento —dije con un hilo de voz.

Algo en mi interior, una pequeña voz, gritaba ante la confirmación de que Logan era un chico malo y en el fondo sentí decepción por haber acertado.

Los ojos de Mary Jo se empañaron un segundo antes de continuar.

—¿Sabes eso que dicen que a veces una desgracia trae cosas buenas? —Asentí—. Pues en nuestro caso la desgracia fue la muerte del padre de Logan. Me quedé tan devastada que mi hijo se volcó en mí para que me recuperara de la pérdida y, sin darnos cuenta, se convirtió en el hombre bueno y amable que es ahora. Literalmente, la muerte de su padre le salvó la vida.

Bajé la vista al suelo intentando asimilar y entender todo aquello que me estaba contando.

—¿Cómo murió su padre? —me mordí la lengua como reprimenda ante aquella insensible pregunta.

—En un accidente de avioneta. Era piloto.

Clavé mis ojos en los de Mary Jo y entonces lo comprendí.

—Por eso Logan no vuela.

Ella sonrió sin humor.

—Por eso Logan no vuela —confirmó.

Mi corazón sintió una presión suave recordando lo estúpida que había sido echándole en cara el hecho de no haber podido coger un avión cuando fuimos a casa de Eddie.

Ya sumaban dos, las disculpas que le debía a Logan.

—Él… —tragué saliva—, parece siempre tan feliz y animado que jamás pensé que hubiera sufrido tanto.

—Ay, cariño, las personas que más sonríen y más despreocupadas parecen son las que han sufrido mayor dolor y vulnerabilidad. Precisamente, porque saben lo efímera que es la felicidad e intentan disfrutarla todo lo que pueden cuando ésta aparece.

Me quedé un segundo pensando en todo mi dolor y en un instante supe que yo jamás podría ser como Logan. Yo no podía superar mis demonios y mis miedos para ser plenamente feliz.

Sentí algo nuevo por él. Admiración y una pizca de envidia.

Me toqué el trébol que aún llevaba en mi cuello desde el día de mi cumpleaños y Mary Jo reparó en él.

—Es muy bonito.

—Me lo regaló Logan —dije sin pensar y al instante enrojecí.

Ella no pudo evitar soltar una risita discreta.

—Tú no eres solo una compañera de trabajo para él, de eso estoy segura —Inclinó la cabeza hacia un lado—. Sage, no le hagas daño, por favor.

Abrí la boca para quejarme, para aclararle que entre Logan y yo jamás podría pasar nada, pero ella se puso en pie y cogió un montón de papeles, ignorándome deliberadamente.

Parecía que se pasaba el día archivando facturas.

—Ve a ver a Phoenix, seguro que te echa de menos —Me guiñó un ojo—. Sabes que está en adopción, ¿verdad?

—¿Quieres que la adopte?

—No, cariño, quiero que hagas lo que tu corazón crea correcto —Sonrió antes de darme la espalda y empezar a archivar—. Solo te recuerdo tus opciones. Tú decides qué quieres hacer al final.

Me quedé unos segundos allí quieta, sin saber qué decir o hacer y, finalmente, me di la vuelta y salí del despacho con la cabeza hecha un lío.

Si me quedaba en aquel lugar mucho más tiempo terminaría con una mascota y seguramente con un novio y yo no quería eso… ¿o sí?

16

Sage

Mis dedos repiqueteaban sobre la mesa de mezclas esperando a que Logan apareciera. Como de costumbre, yo había llegado demasiado pronto, pero esta vez la espera me estaba poniendo más nerviosa de lo normal.

Las palabras de Mary Jo se habían tatuado en mi mente y ahora no hacía más que dudar de la naturaleza de Logan.

¿Acaso él podía ser un buen chico a pesar de que todo me indicaba lo contrario?

Moví la cabeza, sacudiendo esos pensamientos que hacían que mi pulso se acelerara y me entretuve sacando algunos pelitos de gato que tenía pegados en los pantalones. Algunos eran negros, sin duda de Phoenix.

De mi querida Phoenix.

Sonreí al recordar como había conseguido que la gata ya se pusiera boca arriba para que le pudiera acariciar su peluda tripita y la imaginé haciendo lo mismo en el sofá de mi casa. Había estado barajando el hecho de adoptarla, pero siempre terminaba con la misma conclusión. Si apenas podía cuidar de mí misma, ¿de verdad estaba capacitada para hacerlo de ella?

No, yo no podía hacerla feliz. Porque yo no podía hacer feliz a nadie.

Logan entró en el estudio, sonriente.

Iba un poco más abrigado de lo normal, con una gruesa bufanda azul, porque ya empezaba a hacer frío.

El otoño estaba llegando a su fin.

—¡Hola! —Me sonrió dejando la chaqueta y la bufanda en un perchero junto a la puerta—. Gracias por encontrarme un hueco.

—Hola —En mi interior estaba ansiosa, ¿quizás porque hacía mucho que no nos veíamos?— Elsa no me dejó alternativa.

Logan soltó una carcajada.

—Esa mujer puede ser muy convincente.

—Esa mujer a veces da miedo —Puse los ojos en blanco—. Me dijo que querías hacer unas modificaciones en una de las canciones.

Él se acercó a mí para señalar una pista en concreto en la lista de mi portátil.

—Justo en ésa —Su brazo rozó mi hombro—. Quiero añadir unos coros en el estribillo.

Cuando él se apartó me di cuenta de que estaba conteniendo la respiración para no oler su perfume.

—¿Quieres hacerlos tú mismo? —Me giré hacia el portátil—. Podemos añadir otra pista y modificar un poco la voz para que…

—En realidad, me gustaría que fueran con una voz femenina.

Pensé unos segundos en la canción en concreto y asentí lentamente.

—Sí, una voz de mujer le puede dar un toque dulce. Creo que tengo algunos samples que pueden quedar bien.

Logan negó con la cabeza.

—No quiero nada artificial, me gustaría una voz real.

Le miré soltando un suspiro.

—Pero Logan, eso me lo tenías que haber dicho antes, ahora tendremos que agendar otra sesión mientras consigo a una cantante para eso.

Él se apoyó junto a la puerta de cristal que daba paso al estudio.

—Hazlo tú.

—¡¿Qué?! —negué con la cabeza—. Yo no canto, yo produzco.

—Sí cantas, y muy bien por lo que me han contado.

Crucé los brazos sobre mi pecho y entrecerré los ojos.

—¿De dónde has sacado eso?

—Ciertas personas de mi confianza me han dicho que les cantas a los gatos y que no lo haces nada mal.

Sentí como la sangre acudía a mis mejillas y de pronto tuve mucho calor.

¿A quién se le ocurría ponerse un jersey de cuello alto en una sala tan pequeña y poco ventilada?

—No lo haré, Logan.

—Vamos —sonrió—. Solo una pequeña prueba. Al fin y al cabo, la sala está ya pagada para un par de horas.

—No.

Él abrió la puerta del estudio con una sonrisa juguetona.

—Prepara la pista y entra aquí conmigo.

—Ni lo sueñes.

—Le diré a Carl que ponga a Phoenix en otra jaula y no te diré en cual.

Moví la cabeza.

—Estás actuando como un niño mimado.

—Y tú como una cobarde —Me alargó la mano—. Solo pruébalo una vez y te dejaré en paz si de verdad cantas como el culo.

—Eres imposible —Hice ver que algo en mi portátil me llamaba la atención.

—Como yo lo veo, productora, tienes dos opciones —Enarcó las cejas—. Una es que te pases las siguientes dos horas discutiendo conmigo y la otra es que cantes tres ridículas frases de nada y nos vayamos prontito a casa.

Respiré profundamente varias veces para después fulminar a Logan con la mirada.

—Mataré a Carl por decirte que le canto a Phoenix.

—¿Vas a hacerlo?

Me puse en pie con furia.

—Solo una vez, para que veas que es una terrible idea.

—¡Genial!

Logan se metió en la sala mientras yo preparaba los controles y la pista de la canción para que se reprodujera de manera automática.

Aquello era de todo menos profesional.

Entré rápidamente cerrando la puerta tras de mí y me situé junto a Logan, que ya había colocado un segundo micro junto al suyo.

La mirada que me echó cuando mi hombro rozó su brazo me llenó por igual de enfado y nerviosismo.

Estaba loca por decir que sí.

—No me mires o no lo haré —susurré justo antes de que la canción empezara a sonar.

La voz de Logan sonaba mucho mejor en vivo y en directo, justo al lado de mis oídos desnudos, ya que yo no me había puesto los auriculares.

Estaba tan acostumbrada a oírle a través de la mesa de mezclas, que casi sentí que le escuchaba por primera vez. Mi estómago sintió un tirón y mi corazón se aceleró levemente con cada palabra de la letra de la canción mientras no podía apartar la vista de sus labios.

Cuando llegó la parte del estribillo en la cual se suponía que yo tenía que hacer los coros, mi voz se negó a salir de mi garganta.

Logan me miró con tranquilidad y se dirigió a la cabina de control para pausar la canción y volver junto a mí en poco tiempo.

—Perdona, creo que antes tendría que haberte explicado qué es lo que tengo en mente para los coros —Se pasó la mano por el pelo despeinándolo un poco—. Verás, creo que quedaría muy bien que hicieras un canon.

—Ya… pero es que yo no…

—No cantas, lo sé —Inclinó la cabeza—. Pero me has dicho que lo intentarías una vez y lo que acabas de hacer no cuenta.

Logan se puso frente a mí y bajó un poco la cabeza para mirarme directamente a los ojos. En ese momento, su altura me intimidaba un poco.

—Vamos a probar una cosa, cantaré el estribillo acapella para que te acostumbres y pruebas de hacer el canon, ¿te parece bien?

Bufé nerviosa y asentí. Cuanto antes hiciéramos la dichosa prueba, antes podría volver a mi puesto tras la mesa de mezclas.

Logan empezó a cantar. Esta vez, no solo oía perfectamente su voz porque estuviera delante de mí, sino que era lo único que oía y mi piel reaccionó haciendo que mi vello se erizara.

La voz del maldito Logan era impresionantemente bonita.

Cuando fue mi turno de cantar, él hizo un gesto con la cabeza dándome la entrada.

Abrí la boca y canté el estribillo sin usar todo el potencial de mi voz.

Logan sonrió ampliamente. Parecía haberle gustado lo que acababa de oír.

—Nada mal, pero… —Puso su mano sobre mi estómago y yo me tensé—. Debes respirar con el diafragma y usarlo para liberar del todo tu voz.

Cuando su mano presionó sobre mi piel mi corazón dio un vuelco.

¿Cómo iba a cantar si apenas podía respirar?

—Mira, lo entenderás mejor si notas el mío.

Sin pensarlo, cogió mi mano, la plantó sobre sus abdominales y empezó a cantar a todo pulmón. Bajo la palma de mi mano, sentía como sus músculos se relajaban y contraían, como respiraba y como la calidez de su piel traspasaba el fino tejido de su camiseta de manga larga.

Jadeé cuando hizo una floritura con su voz terminando en una larga y aguda nota.

—¿Lo has notado?

"Joder que si lo he notado", pensé mientras estaba tentada de salir corriendo de allí con alguna excusa barata.

—Sí —murmuré.

—Bien, pues ahora tú.

Logan llevó mi mano a mi vientre y se apartó para que lo probara sola.

Cerré los ojos. Quizás si no le veía podría decir aquellas tres malditas frases de una vez y dar por zanjado el tema.

La voz de él lo llenó todo y, justo en el momento preciso y siguiendo como buenamente pude sus indicaciones, canté el estribillo.

Cuando abrí los ojos, me topé de lleno con la mirada brillante de él.

—Es casi perfecto —susurró—. Sólo un pequeño consejo más.

Se acercó a mí, demasiado para mi gusto y, posando su pulgar sobre mi barbilla, me abrió levemente la boca.

—Si pones así tu boca, tu voz resonará aún más en tu cavidad bucal y conseguirás un efecto mucho mejor.

—Ah —fue lo único que pude articular.

—Pruébalo —susurró y se mordió levemente el labio.

Aquel pequeño gesto me hizo sentir un calor entre mis piernas que estaba más que prohibido en mi vida.

Logan no apartaba la mano de mi barbilla, su aliento acariciaba mi cara y su cuerpo estaba tan cerca del mío que mi temperatura corporal se disparó y estaba segura de que si estaba mucho más rato así, terminaría tan alta que parecería fiebre.

¿Desde cuando él era tan jodidamente sexy?

Cerré los ojos y casi estoy segura de que oí a Logan soltar algo similar a un jadeo.

De nuevo, su voz rota llegó a mis oídos y saqué fuerzas de donde no las tenía para cantar el maldito estribillo.

En una sílaba en concreto, Logan me obligó con sus dedos a abrir más la boca y por un momento noté que me mareaba de la tensión que sentía todo mi cuerpo por aquel mínimo contacto con sus dedos.

—Es perfecto.

El susurro de su voz acaricio mis labios indicándome que estaba extremadamente cerca. Sentí como su pecho rozaba levemente el mío mientras acortaba la distancia y apreté los ojos rezando para que me lo estuviera imaginando todo y Logan no estuviera realmente acercándose a mí para besarme.

A pesar de todo, yo era incapaz de moverme porque una parte que desconocía de mí misma deseaba que lo hiciera.

La mano de Logan se deslizó en una caricia desde mi mentón a mi cuello y me atrajo levemente hacia él.

Mi corazón martilleaba en mi pecho y estoy segura de que él lo sentía rebotar contra sus pectorales.

Se movía lentamente, saboreando cada instante de mi agonía, jugando conmigo como lo hacía siempre y yo lo estaba disfrutando.

Cuando por fin sus labios suaves entraron en contacto con los míos en un leve roce, una descarga eléctrica ascendió desde la punta de mis pies hasta mi pecho, pero al instante, el terror más absoluto me invadió. Sin que aún me hubiera besado del todo, le aparté de mí poniendo mis manos sobre su pecho y le miré negando con la cabeza mientras una frase se repetía en mi mente: Los chicos malos nunca cambian.

Nunca.

—Logan, no —musité con un hilo de voz ronco—. No puedo.

Él me miró un momento, confundido, con sus mejillas algo rojas y sus ojos cobalto llenos de pasión contenida.

—Sage, tú me deseas —Me miró un segundo la boca para volver después a mis ojos—. Todo tu cuerpo me lo esta diciendo.

—No…

Bajé la mirada, intentado huir de sus ojos y vi la piel tatuada de su brazo que se asomaba por la camiseta levemente arremangada.

Odiaba aquel maldito tatuaje y todo lo que significaba para mí.

—No puedo, Logan —mi voz era algo más aguda de lo normal—. Tú eres la representación de todo lo que me atormenta.

La expresión de Logan cambió de repente y, sin darle tiempo para que empezara a hacerme preguntas o reproches, cogí al vuelo mi portátil y mi bolsa y salí corriendo de allí como si el mismísimo demonio me persiguiera.

17

Logan

Hacía mas de media hora desde que Sage había salido corriendo del estudio y yo, sentado en el pequeño sofá de la sala de control, no podía entender qué había pasado para que todo se torciera de aquella manera.

Desde que había conocido a Sage, había intuido que ella no era como las otras chicas que solían cruzarse en mi vida, ella no solo era mucho más especial sino que también era bastante complicada.

Pero quizás por eso me sentía atraído hacia ella.

Pero ahora, el terror que había visto en sus ojos, la negativa rotunda a que la besara a pesar de que todo indicaba que lo quería tanto o más que yo y la frase que llevaba revoloteando en mi mente y que cada pocos minutos se sentía como un latigazo, me estaban volviendo loco.

—Tú eres la representación de todo lo que me atormenta —repetí sus palabras como si en voz alta las pudiera comprender mejor.

Había llegado a la conclusión de que mi tatuaje tenía algo que ver con su reacción, pero no entendía por qué la tinta bajo mi piel le horrorizaba tanto.

Desde la muerte de mi padre, había desarrollado una empatía y una intuición que casi se podría catalogar como un superpoder. Era capaz de percibir cuando alguien en una sala se ponía incómodo con algo o de verdad estaba feliz, pero Sage me lo ponía muy difícil. Captaba en ella las emociones, pero no entendía el origen de éstas.

Me quedé mirando la mesa de mezclas aún encendida y solté un suspiro.

Quizás había llegado el momento de pasar página y asumir el hecho de que Sage no era para mí y que fuera lo que fuera que aquella morena de enormes ojos verdes despertaba en mi interior, debía acallarlo y seguir con mi vida.

Mi corazón pareció encogerse, como si me gritara que aquella decisión no era la correcta, pero decidí ignorarle a él y a todo lo referente a Sage.

Por un tiempo, me había planteado dejar de ver a tantas mujeres diferentes, empezar a calmar ese aspecto de mi vida, pero ahora sólo quería buscar un poco de diversión para borrar el recuerdo de Sage para siempre.

18
Sage

Entré en mi casa lanzando mi bolso y mi chaqueta encima del sofá mientras un sentimiento de ira se apoderaba de mí.

Aquella tarde, me había reunido con Adam, Liam y Sam para trabajar en un proyecto conjunto de los chicos y, lamentablemente, a la ecuación se le había sumado Logan, que en alguna ocasión había colaborado con ellos.

Lo que me molestaba no había sido el hecho de verle unos días después del incidente del "casi beso" en el estudio. Lo que estaba haciendo que me palpitara una vena en la frente era que el descarado de Logan se había puesto a ligar con Evelyn, la amiga pelirroja de Adam, sin ningún tipo de reparo delante de todos.

Delante de mí.

Me encaminé a mi dormitorio y me desvestí con furia para enfundarme en mi pijama de manga larga.

No estaba claro con quién estaba más enfadada, si con él por haberme hecho sentir especial regalándome el ridículo trébol amarillo, que había relegado al fondo de un cajón de mi joyero, o conmigo por haberme creído que para Logan yo podía ser algo más que un rollo de una noche.

Los chicos malos como él nunca cambiaban; por muchas historias sensibleras que me hubiera contado su madre, si un tío tenía un fondo perverso, jamás dejaba de tenerlo y por experiencia sabía que los chicos que al inicio de la relación te trataban como a una reina, luego cuando ya te tenían comiendo de la palma de su mano, te trataban como una esclava.

Latigazos incluidos.

—Maldito seas, Logan —grité entrando en el salón y dejándome caer en el sofá.

Las últimas semanas habían estado llenas de momentos agradables, me atrevería a decir que hasta felices, pero ahora él se había encargado de arrebatármelos todos.

Ya no habría más conversaciones divertidas, ni más grabaciones en el estudio que me exigían ser tan profesional como para estar a la altura de un artista como Logan, motivándome a ser aún mejor productora y, lo peor de todo, ya no habría más Phoenix, porque desde que huí del estudio me había negado a volver al refugio y estaba segura de que jamás volvería a pisar aquel lugar.

Aquel era el territorio de Logan y era un sitio prohibido.

Sentí como mi barbilla se movía y un nudo se formaba en mi garganta.

—No, no voy a llorar por algo que nunca fue mío.

En mi mente se formuló sola la pregunta.

¿Qué no era mío? ¿El amor de Phoenix o Logan?

19

Sage

La música se mezclaba con las risas de mis amigos en el interior de la limousina. Miré hacia abajo escrutando el ajustado vestido negro que llevaba puesto y que, solo anudado al cuello, dejaba a la vista toda mi espalda. No recordaba cuándo lo había comprado, pero sin duda lo había hecho para ocasiones como aquella.

Una semana antes, Elsa me había mandado personalmente la invitación para la fiesta de pre-lanzamiento del disco de Logan. Iba a ser un evento bastante lujoso, en un club de moda y solo para algunos amigos y la prensa. Cuando intenté inventar una excusa para no estar en la misma sala que él, Elsa se había pasado más de media hora tratando de convencerme de la necesidad de mi asistencia. No se trataba solo de apoyar a Logan, que a esas alturas me traía sin cuidado hacerlo o no, sino que se trataba de mi carrera. Todos los medios importantes estarían allí y presentarme como la productora me daría una publicidad impresionante.

Así que acepté.

Por suerte, la invitación incluía a mis amigos y acompañantes de estos, así que en la gran limousina que Elsa había mandado a mi casa estábamos siete personas.

Mi amigo Adam, que por fin ya había empezado a salir con Evelyn, la pelirroja con cara de duende irlandés, estaba sentado junto a ella y de vez en cuando se lanzaban miradas un punto lascivas que no pasaban desapercibidas para Sam. Él no perdía la ocasión de soltar frases en francés que, sin duda, eran de lo más picantes para burlarse de la pareja. Frente a Sam, estaban Kai y Elly, un amigo y la prima de Evelyn y que eran las últimas incorporaciones a nuestro grupo. Me hacían mucha gracia las miradas que Kai le lanzaba a Sam, que no se enteraba de nada, y algo me dijo que esa noche aquellos dos seguramente no se irían solos a casa. No es que yo tuviera un sexto sentido muy desarrollado, era que había cazado al vuelo una frase que Kai le había dicho a Elly en la que las palabras "Apuesto a que debe tener una buena baguette" dirigidas a la entrepierna de Sam, me hicieron soltar una carcajada.

Liam, vestido con un pulcro smoking negro, estaba sentado a mi lado y observaba como todos bebían champán entre risas. Yo sabía que en el fondo estaba teniendo una lucha interna para soltarse el pelo y ser tan alocado, o más, que ellos, pero no se lo permitía. Así era el serio y disciplinado chico. Aunque en el fondo, yo sabía que cuando Liam bebía un poco de más de la cuenta, sí sacaba su verdadero yo fiestero a la superficie.

Me encantaba que tuviera esa dualidad tan marcada.

Contagiada del buen humor de mis amigos decidí que aquella noche me lo pasaría bien. A pesar de Logan, iba a disfrutar de mi pequeña parte del logro respecto a aquel disco que yo había producido.

Me lo merecía.

Simplemente, tenía que hacer una cosa: ignorar a Logan.

Cuando la limousina se detuvo, todos fuimos bajando con cuidado, en especial las chicas con nuestros vestidos de fiesta, y los flashes de la prensa nos cegaron al instante. Posé mis pies en la alfombra roja que había hasta la entrada del lujoso local y sonreí como si fuese una súper estrella.

Se me daba genial fingir.

Entre risas y bromas, fuimos avanzando hasta entrar en el local donde una enorme escalera de mármol blanco daba paso a la sala principal. En el centro, un escenario tenuemente iluminado albergaba un único instrumento. Un piano de cola negro.

Del techo, colgaban arañas de cristal con un diseño moderno y el suelo estaba cubierto por unas enormes baldosas de mármol negro con vetas plateadas. Estaba lleno de gente elegante que bebía cócteles o champán y se distribuía en pequeños grupos.

Frente al escenario, estaba el espacio reservado para los VIPs. Era un segundo piso construido con una superficie de metal, como una terraza interior, y cuya barandilla de cristal dejaba ver varios espacios llenos de sillones delimitados por cortinas de terciopelo azul oscuro.

Sabía perfectamente qué era lo que pasaría en aquellos reservados cuando la fiesta estuviera en su punto álgido, y no era apto para todos los públicos.

Seguí a mi grupo hasta unas mesas altas cerca del escenario, casi en primera fila y cacé al vuelo una copa de champán que llevaba un camarero en una bandeja.

Iba a disfrutar de la fiesta, pero para ello necesitaba un poco de alcohol corriendo por mis venas para diluir un poco la tensión.

Cuando casi había vaciado la mitad de mi copa, una voz chillona llegó a mis oídos y me giré localizando el origen en la rubia vestida con un ajustado vestido rojo a juego con sus labios.

—Buenas noches, Elsa.

Ella me sonrió e hizo un gesto con la cabeza a modo de saludo dirigido a mis acompañantes.

—Sage, cielo, tienes que venir al photocall para las fotos de prensa.

—¿Fotos?

Ella se inclinó sobre mí con una sonrisa suspicaz.

—Te vendrá genial que publiquen algunas fotos tuyas bajo el titular "la joven productora que todos los artistas quieren".

Solté una carcajada.

—¿Cómo van a poner eso?

Elsa entrecerró sus ojos, brillantes.

—No menosprecies mi poder ni mis contactos, pequeña.

Sin que pudiera decir nada más, Elsa tiró de mí y me llevó hacia un extremo alejado de la sala, donde una enorme lona iluminada por unos potentes focos y llena de logotipos era el centro de atención de docenas de fotógrafos.

Se me cayó el alma a los pies cuando vi a Logan, en el centro de aquel espectáculo para la prensa, sonriendo de oreja a oreja, vestido con un traje gris brillante y una camisa negra. Pero lo que me hizo sentir mal no fue lo guapo que estaba, sino las dos espectaculares mujeres, que sin duda eran modelos, enfundadas unos vestidos muy cortos y sugerentes de color dorado.

Elsa, paso por alto mi repentino cambio de humor y me arrastró hasta el photocall.

Las chicas posaron unos segundos más con Logan, que no dudaba en abrazarlas y sonreír con cada nueva ráfaga de flashes, hasta que su mirada se posó en nosotras.

Cuando nuestros ojos conectaron, sentí una descarga que me dejó paralizada.

—Vamos, ve —Elsa me empujó.

Perdí momentáneamente el equilibrio sobre mis tacones de vértigo, pero Logan se las ingenió para cogerme de la mano para que el traspié quedara disimulado frente a la prensa.

Las modelos salieron de escena, dejándonos solos.

—Amigos, esta es Sage Miller, es la mejor productora que un artista puede tener. Es simplemente maravillosa.

116

Miré a Elsa un segundo, que asentía con la cabeza como si me dijera: "Vamos aprovecha tu minuto de gloria"

Yo solté una risa melódica, mientras me acercaba a Logan y le ponía una mano sobre el pecho durante un segundo.

—Ya sabes que fue un honor trabajar contigo.

—Juntos hacemos magia.

Ambos nos reímos de una manera muy superficial, pero a la prensa pareció gustarle porque los flashes nos cegaron.

La sonrisa de Logan fue deslumbrante y, entrenado para ello por Elsa, cambio un par de veces de postura para las instantáneas arrastrándome con él.

Cuando en uno de esos cambios su mano se deslizó por la parte baja de mi espalda y sentí su calidez sobre mi piel desnuda, no pude evitar mirarle algo sorprendida por lo que aquella mínima caricia me estaba haciendo sentir.

Mi corazón se había acelerado.

—¡Vaya! —dijo uno de los periodistas—. Menuda miradita, señorita Miller.

—¿Es que hay algo más que pasión por el trabajo entre vosotros? —gritó una mujer agitando un micrófono.

No pude evitar que mis músculos se tensaran, pero Logan, hecho todo un profesional, negó con la cabeza.

—Respeto demasiado la profesionalidad de Sage para traspasar según que límites —Se apartó un poco de mí—. Aunque tampoco puedo prescindir de ella en mi vida.

Logan me guiñó un ojo, travieso, y se inclinó frente a mí lo justo para cogerme la mano y plantarme un beso en ella, como si de un caballero del siglo pasado se tratara.

Yo enrojecí y los periodistas empezaron a vitorear emocionados.

Mierda, esa foto iba a ser la portada de todas las publicaciones. Lo sabía.

Solté una risilla para salir del paso y empujé a Logan con cariño.

—Siempre está de broma.

Sin saber cómo disimular el temblor de mis piernas, salí de allí con toda la dignidad que pude mientras Elsa empujaba al photocall a un chico asiático que creía que era un artista de k-pop y que Logan recibió con los brazos abiertos.

Localicé a una camarera con una bandeja llena de copas de champan y, arrebatándole un par con una sonrisa de disculpa, me dirigí a la mesa de mis amigos vaciando una de ellas por el camino.

Una hora más tarde, me sentía mucho más relajada y ya me reía de manera descontrolada con Kai, que había resultado ser una incorporación muy divertida a nuestro grupo de amigos. Elly, la prima de Evelyn, había desaparecido hacía unos minutos, ya que gracias a Elsa sería parte de la pequeña actuación que haría Logan. Al parecer, la chica era una virtuosa del violín, aunque al oírla hablar y con sus modales de marinero uno jamás lo habría imaginado.

De pronto, las luces del local se atenuaron y el escenario se iluminó con un único foco dirigido al enorme piano.

Elsa subió al escenario, contoneando las caderas y con tanta seguridad en sí misma que con su sola presencia ya había conseguido acallar a casi todo el público.

—Buenas noches a todos y muchísimas gracias por asistir a la fiesta de pre-estreno del primer disco en solitario de Logan —Sonrió, dejando un segundo perfectamente programado para que le hicieran fotos—. La actuación de esta noche se limitará a una sola canción, pero tranquilos, es una muy especial.

Elly apareció en escena, vestida con una camisa y un pantalón completamente negros, pero llevando entre las manos un violín de color rosa fucsia.

A mi lado, Liam soltó un bufido y yo me quedé mirando su expresión de reprobación.

—Oh, vamos Liam —le chinché—. No todos los violinistas han de tocar con un Stradivarius de abeto rojo como tú.

Él me clavó sus ojos llenos de rechazo.

—Pero es que es fucsia, Sage —Posó su mano sobre la frente y negó con la cabeza—. Fucsia.

Solté una suave carcajada ante la desesperación de mi clásico amigo.

Cuando Elsa dio paso a Logan, los vítores del público hicieron que mis ojos se dirigieran al centro del escenario.

Él se limitó a sonreír y, tras una breve mirada a Elly para asegurarse de que estaba lista, se sentó frente al piano y ajustó el micrófono frente a sus labios.

Mi corazón se saltó un latido cuando las primeras notas de la canción, que conocía a la perfección tras tantas horas en el estudio, inundó todo el local. Era una de las canciones principales y una de mis favoritas. En la versión que habíamos preparado para el disco, también había un piano, pero en esta ocasión, al oírla en versión acústica y con el acompañamiento del violín que Elly tocaba a la perfección, mi piel reaccionó al instante erizándose más a cada segundo, con cada nota, con cada frase cantada por la voz rota de Logan, que hacía aflorar en mí sensaciones que yo me había encargado de encerrar en una caja bajo mil candados en lo más profundo de mi ser.

Sentía literalmente que su voz acariciaba mi piel, que se metía bajo ella y que me emborrachaba más que las cuatro copas de champán que ya me había bebido.

Cuando la canción finalizó y el público empezó a aplaudir junto con los flashes de la prensa, me di cuenta de que mi boca estaba entreabierta y que casi respiraba con dificultad.

El maldito Logan me hechizaba.

Liam se acercó a mí, hasta que nuestros hombros se rozaron.

—Sage, ¿estás bien?

—Sí —susurré.

Pero no, no estaba bien.

La prensa hacía una hora que ya se había marchado y ahora en el local quedaban solo los conocidos y amigos que Elsa se había encargado de invitar. Por suerte para mí, Logan había desaparecido también y no quería ni pensar dónde podría estar.

Mis amigos estaban en la pista de baile dándolo todo y yo me dirigí a una zona de cómodos y mullidos sofás, prácticamente vacía, que había justo en frente del piso de los VIPs. Desde allí se veía como todos los reservados tenían las cortinas echadas.

Solté un suspiro e hice una mueca de asco.

Sabía perfectamente lo que estaba pasando allí dentro y no me interesaba en absoluto.

Me dejé caer hacia atrás, mientras introducía mis dedos entre los mechones de mi cabello que estaban recogidos con varias horquillas. Las saqué una a una y poco después masajeé mi cuero cabelludo cerrando los ojos y sintiendo como circulaba la sangre bajo mi piel. Era un alivio soltar mi cabello que había estado en tensión toda la noche.

Me peiné un poco y me recosté en el sofá sintiéndome cómoda y un punto mareada por las copas de champán.

Miré mis pies, enfundados en mis zapatos de tacón, y resistí el impulso de quitármelos y subirlos al sofá, arrellanándome como si estuviera en mi casa. Pero no lo hice. Si Elsa me pillase así, seguro que me echaría un buen sermón sobre que una nunca debe bajar la guardia por si alguien le podía hacer una foto comprometedora.

Así que me limité a cruzar las piernas y dejé que mi cabeza descansara en el blando respaldo mientras cerraba los ojos. Relajada.

Cuando, unos minutos después, los abrí, todo mi cuerpo entró en tensión y despegué la espalda unos centímetros del sofá.

Logan estaba clavándome una fiera mirada desde la barandilla del reservado VIP mientras en su mano jugueteaba con una copa que contenía un líquido ambarino.

Mi mente gritaba que escapara, que saliera de allí y volviera a mi casa, pero mi cuerpo no tenía ni la más mínima intención de moverse ni un milímetro.

Una de las modelos que había visto con él se le acercó por detrás, recolocándose el tirante de su vestido que se había deslizado por su hombro y le abrazó por la espalda. Sin apartar sus ojos de mí, Logan la empujó con un movimiento poco ágil que le hizo perder el equilibrio dejando claro que estaba bastante borracho.

La chica agitó una mano enfadada y desapareció detrás de una de las cortinas.

Él vació de un trago su copa y, con dificultad, dejó el vaso en una mesa cercana. Casi se cayó al estirarse, pero seguía sin perderme de vista.

Las palabras de Mary Jo acudieron a mi mente y una pequeña brizna de preocupación apareció. Logan había tenido problemas con la bebida en el pasado y, a pesar de que yo le quisiera lejos de mi vida, no le deseaba nada malo.

En el fondo, quería que él fuera feliz.

Le vi gesticular con la mano y decir algo, que obviamente entre la distancia que nos separaba y la música del local no supe descifrar, pero me quedó muy claro que se refería a mí porque, tras señalarme con el dedo, se dirigió a la escalera y empezó a bajar.

Entonces, reaccioné.

Me puse en pie de un brinco y busqué una vía de escape cercana. Marcharme no era una opción, mis amigos se preocuparían por mi desaparición repentina y hasta pasada media hora más no vendría a recogernos la limousina. Caminé veloz hacia el escenario y me metí por un pequeño pasillo que llevaba a los camerinos y, sin pensarlo, entré en uno de ellos.

Cerré la puerta despacio y apoyé la espalda contra la madera, deseando que Logan estuviera tan borracho que le fuera imposible dar conmigo.

Mi corazón latía desbocado en mi pecho, como si estuviera huyendo de un asesino o algo parecido y mi respiración se limitaba a ser un montón de jadeos ahogados.

Cuando, pasados varios minutos, llegué a la conclusión de que él habría cesado en mi búsqueda, me relajé un poco. Estaba actuando como una loca.

Abrí la puerta poco a poco y asomé la cara para escrutar el oscuro pasillo y, entonces, un brillante y enrojecido ojo cobalto me descubrió.

20

Logan

No había podido perder de vista a Sage en toda la noche, era como si mis ojos estuvieran imantados a ella y cada vez que se movía, la encontraba. La vi mirándome con la boca medio abierta desde la primera fila cuando estuve tocando en el escenario. Bailando con Elly, la chica que tocó conmigo y que la incitó a contonearse de una manera excesivamente sexy en la pista de baile. Bebiendo una tras otra las copas que Sam le ofrecía. Y, lo que me había hecho sucumbir del todo a la tentación de hablar con ella, la había visto sentada en los sillones, allí abajo, sola, indefensa, soltándose el cabello que le cayó despeinado alrededor de su bonita cara, porque aquella noche Sage estaba preciosa, irresistible, y me moría por besarla.

Quizás era solo el deseo por aquello que no se puede conseguir, a todos nos pasaba que si algo estaba prohibido se volvía mil veces más interesante. Pero Sage se había metido tanto en mi mente aquella noche que ni tan solo las caricias de la despampanante modelo que me había llevado al reservado VIP consiguieron que me la sacara de la cabeza. Así que, cuando la vi y movido por la desinhibición que el alcohol que corría por mis venas me daba, decidí acercarme a ella.

Mi cuerpo no deseaba a ninguna modelo, a ninguna actriz ni cantante famosa que hubiera en aquella fiesta, mi cuerpo la necesitaba a ella, a Sage, a mi productora.

Cuando la vi correr con cara de pánico y adentrarse por el pasillo que llevaba a los camerinos, me quedó clarísimo que el sentimiento no era mutuo.

Algo se rompió en mi interior, pero aun y así, y a sabiendas de que no podría ir muy lejos, caminé con pasos lentos y pesados cruzando el local hasta los camerinos.

Necesitaba saber por qué mi sola presencia le producía tanto desagrado.

Había solo tres puertas en el pasillo, pero sabía perfectamente dónde estaría. En el mío, ya que era el único que estaba abierto.

Así que decidí jugar un poco con ella, el alcohol me hacía ser aún más travieso de lo normal. Dejaría que se creyera a salvo y le daría caza justo cuando hubiera bajado la guardia.

Me apoyé en la pared, justo frente a la puerta, y me desabroché el botón de la americana.

Sage no me hizo esperar mucho y cuando la vi asomar media cara por la rendija de la puerta sonreí de oreja a oreja.

—Te encontré —susurré.

Apoyando mi mano sobre la puerta, la abrí de par en par y, con un movimiento rápido, entré cerrando tras de mí.

La oscuridad nos engulló por completo y lo único que se oía era su respiración agitada. Di un paso hacia su silueta y percibí como retrocedía.

—Sage, ¿por qué me tienes tanto miedo? —susurré calmado.

—Deja que me marche, Logan —su voz sonó seria.

Con la mano, tanteé la pared en busca del interruptor y encendí la luz. Necesitaba ver sus ojos, leer sus expresiones.

Ambos entrecerramos los ojos cuando la lámpara nos iluminó. Sage estaba de pie, en mitad del camerino, a pocos pasos de la silla que había frente al enorme espejo rodeado de bombillas.

Su expresión era de pánico total y al verme reflejado en el espejo, mucho más alto que ella, despeinado, con la piel y los ojos enrojecidos por el alcohol, vi lo que ella debía estar viendo y me pareció que yo era amenazante.

Me hice a un lado, sin dejar de mirarla y abrí la puerta que estaba a mi lado mientras bajaba la cabeza, avergonzado por estar haciéndole pasar un mal rato.

Sage dudo un segundo y, con pasos lentos, como si tuviera miedo de pasar cerca de mí, se dirigió a la salida.

Justo cuando estuvo a mi lado, no pude evitar hablar.

—¿Por... Por qué me odias? —susurré tan bajo que casi ni yo me oí—. ¿Por qué soy la representación de todo lo que te atormenta?

Al percibir que ella se había quedado quieta, moví la cabeza y la miré, dejando que mi cabello despeinado ocultara parte de mis ojos.

Ella se mordió la uña del pulgar en un gesto que ya empezaba a conocer muy bien. Estaba ansiosa.

—Sage... —musité—. Necesito saberlo.

Ella dejó caer sus brazos lánguidos a ambos costados de su cuerpo, mientras veía como su pecho se elevaba y descendía con su respiración un poco agitada.

—Me recuerdas demasiado a alguien que me hizo muchísimo daño.

Ella bajó la cabeza y su cabello no me dejó ver sus rostro.

—Yo jamás te haría daño —Acerqué mi mano a la suya, lentamente, y la rocé con mucho cuidado—. Yo no soy esa persona.

Ella no apartó la mano, pero la vi ponerse tensa, como si en su interior se estuviera llevando a cabo una guerra entre varios sentimientos.

—Sé que no eres él, pero tienes el mismo perfil de personalidad.

Me miró con los ojos brillantes, humedecidos por las lágrimas que se esforzaba en no dejar salir. Conmovido, alcé mi mano muy lentamente y le acaricié con el pulgar la mejilla.

Ella soltó un leve jadeo y sus ojos conectaron con los míos, un solo segundo, para luego apartarme de un manotazo y salir corriendo de allí.

Me quedé quieto, teniendo una extraña sensación de familiaridad y entonces lo relacioné de golpe. Sage era exactamente igual que Phoenix. Un alma dulce y buena pero asustada de los humanos y, al igual que había hecho tantas veces en el refugio, debía ganarme poco a poco la confianza de la salvaje chica.

Sonreí.

Estaba dispuesto a hacer lo que fuera para que se acostumbrara a mí. Porque Sage valía la pena.

21

Logan

Me dejé caer de boca sobre mi cama y sentí como el edredón se arremolinaba un segundo alrededor de mi cuerpo para volver a caer sobre el colchón.

Estaban siendo unos días muy largos y duros.

Elsa y yo no parábamos de reunirnos para ultimar las fechas de lanzamiento del disco, de las entrevistas a las que asistiría y las ruedas de prensa.

Cuando pensaba en todo aquello, me replanteaba si realmente lo quería. En realidad, yo era feliz simplemente subiéndome a un escenario con un piano e interpretando mis canciones. Cualquier pub de mala muerte me valía para ese propósito, pero claro, aquello no pagaría las facturas así que, me gustara o no, si quería vivir de mi música tenía que pasar por el aro.

Alargué mi mano y comprobé la hora en la pantalla de mi móvil.

Eran más de las diez.

Sin ganas de hacer nada, me puse a mirar mis redes sociales y, como de costumbre, terminé en Instagram pasando con el dedo las imágenes, casi sin prestarles atención. Mi cerebro estaba frito.

De pronto, sonreí y me senté en la cama. Una de las cuentas de revistas digitales de música había publicado un post sobre mí, pero eso no era lo que más me llamó la atención. Lo que realmente hizo que se me dibujara una sonrisa enorme en la cara fue la imagen que habían escogido. En ella, yo estaba inclinado sobre la mano de Sage, a punto de besársela, mientras ella, algo sonrojada, me miraba con los ojos abiertos de asombro y una sonrisa tan falsa que nadie se la creía.

Hice una captura de pantalla y me la guardé.

Hacía casi una semana que no tenía noticias de Sage, pero ése era mi plan. Había decidido darle su espacio hasta que se calmara un poco y tal vez, de manera casual, algún día la invitaría a tomar un café y así podría empezar a sociabilizar con ella; si lo había conseguido cuando estuvimos en casa de Eddie, podía volverlo a hacer.

Solté una risilla. Imaginármela como una gata salvaje me hacía muchísima gracia.

Seguí mirando la foto unos segundos, hasta que la pantalla del teléfono cambió indicándome que tenía una llamada de mi madre.

Bufé y decidí ignorarla, sabía perfectamente de qué se trataba porque habíamos tenido la misma conversación cada vez que nos habíamos visto o llamado los últimos días. Mary Jo me acosaba con preguntas sobre Sage y su repentina desaparición del refugio. Mi madre no era tonta y sabía perfectamente que algo pasaba entre nosotros, pero por ese motivo, porque era algo entre nosotros, decidí no hablarle del tema.

Cuando la llamada perdida salió en mi pantalla, la borré y seguí a lo mío, pero tres segundos después mi madre volvió a llamar.

Aquello no era normal.

—Hola, ¿qué tal? —decidí hacerme el loco.

—Logan, tienes que venir ya al refugio.

—Mamá, ¿qué pasa?

El silencio al otro lado del auricular me indicó que no era nada bueno.

—Logan, es Penny —suspiró—. No tardes.

22

Sage

No es que yo fuera una ferviente amante de la Navidad, la verdad es que me daba un poco igual celebrarla o no, pero de lo que sí era una fan absoluta era de las cenas con mis amigos, así que durante los últimos tres años me encargaba de organizar una fiesta de pre-navidad con ellos. La hacíamos dos semanas antes de la Navidad real, pero la vivíamos igual que una nochebuena, con intercambios de regalos, villancicos y mucha, mucha comida. El motivo para celebrarla antes, era que yo sabía que todos mis amigos querían pasar esas fiestas con sus familias y yo, que hacía años que no veía a mis padres, me quedaba sola, pero gracias a aquella fiesta anticipada no me sentía mal ni triste.

Mis amigos gritaban en el salón entre risas y bromas, mientras Evelyn y yo habíamos ido a la cocina a por algún licor para beber. Con toda mi buena intención, les había servido un licor de melón que, a pesar de tener un extraño color verde, a mí me parecía delicioso. Para mi desgracia, a ninguno de mis amigos les gustó, así que ahora estaba buscando en la despensa de mi cocina algo un poco más tradicional para beber.

—Licor de coco, de mora… —Rebusqué un poco más entre las botellas—. ¡Tequila!

Evelyn hizo una mueca.

—No es mi preferido, pero es mejor que esa cosa verde que nos has servido.

Sin pensarlo, me arrebató la botella de las manos y se encaminó al salón justo en el momento en que unos golpes sonaban en la puerta trasera de mi casa, situada en la parte más alejada de mi cocina.

No tenía ni idea de quién podría ser a aquellas horas de la noche, así que abrí con el ceño un poco fruncido; esperaba que no fuera mi vecina para quejarse de la fiesta.

Al abrir, la expresión de Logan me dejó petrificada.

Estaba blanco como el papel y con los ojos hinchados y enrojecidos como si hubiera estado llorando.

—Logan —murmuré—. ¿Qué ha pasado?

Él se limitó a abrazarme y yo me tensé como una cuerda cuando sentí como el alto chico me envolvía con sus brazos y me estrechaba contra su cuerpo. Levante las manos con la intención de apartarlo de mí pero, justo en ese momento y tras una leve convulsión de su cuerpo, Logan enterró su cara en mi pelo y empezó a llorar.

Sentí un tirón en el pecho y mis brazos se movieron solos, rodeándole la cintura y estrechando el abrazo.

—Logan —musité contra su camiseta—. Me estás asustando, ¿Por qué lloras así?

Él sollozó un poco más y se separó un poco de mí, limpiándose las lágrimas con las manos.

—Perdona —Hizo un par de respiraciones entrecortadas—. No sé por qué he venido.

Él dio un paso atrás, dejando una distancia entre nosotros.

—Logan… —Frené su marcha cogiéndole de la manga de su chaqueta.

La mirada profunda que me echó me rompió por dentro.

—Penny... Penny ha muerto hace una hora.

La imagen de la perra anciana y el amor que Logan sentía por ella me hicieron comprender la magnitud de la pena por la que estaba pasando él en aquel instante.

—Lo siento.

Él intentó sonreír, pero sus ojos seguían llenos de tristeza.

—Es ley de vida, lo sé, pero es que crecí junto a ella y...

—Tranquilo —Apreté la manga de su cazadora entre mis dedos—. Sé lo que es perder a un ser querido y nunca es algo fácil.

Él posó su mano sobre la mía y la sentí fría al tacto, pero suave.

Justo en el momento en el que él abría la boca para hablar, unas risas de mis amigos llegaron hasta nosotros.

—Me marcho ya —me soltó—. No quiero estropearte la noche.

—Estamos celebrando una fiesta de pre-Navidad, puedes pasar si quieres.

Él negó con la cabeza dando un par de pasos hacia atrás.

—Ahora mismo, no soy muy buena compañía, pero te lo agradezco, Sage.

—Logan...

Él se pasó la mano por el pelo y fingió una enorme sonrisa que no consiguió enmascarar su dolor.

—Siento mucho haberte molestado —Miró en dirección a la calle que daba a mi jardín trasero—. De echo, no sé ni cómo he llegado hasta aquí.

—No pasa nada.

Él hizo una mueca alejándose un poco más.

—Entra, hace frío esta noche —Sé quedó de pie, esperando a que yo cerrara la puerta.

—Cuídate, ¿vale?

Logan se limitó a asentir y yo le perdí de vista en cuanto cerré la puerta, mientras una presión en mi pecho me gritaba que estaba haciendo algo mal.

Me desperté con la boca seca y miré el reloj de mi mesilla de noche. Eran las dos de la madrugada, lo que indicaba que apenas llevaba durmiendo unos veinte minutos.

En cuanto mis amigos se habían marchado, me había metido en la cama dejando para el día siguiente las tareas de limpieza y organización de mi piso, que había quedado lleno de vasos vacíos, papel de regalo rasgado y platos con restos de comida.

Entré en la cocina a oscuras y me llené un vaso de agua, que me bebí en apenas unos segundos.

Justo cuando me di la vuelta para volver a la calidez de mi cama, un sonido en mi jardín trasero me llamó la atención. Me quedé quieta, como una estatua. Mi casa estaba en un barrio residencial y era bastante seguro, pero eso no quería decir que alguien estuviera intentando entrar en mi casa para robar.

Me acerqué con cuidado al armario de limpieza y me armé con la escoba riñéndome a mí misma por no tener un bate de béisbol como en las películas.

Con pasos lentos y silenciosos, me acerqué a la ventana de la cocina, cubierta con una cortina opaca, mientras el pulso martilleaba en mis oídos y mis manos aferraban con fuerza el mango metálico de la escoba.

Me quedé escuchando un segundo.

Quizás se trataba de algún animal salvaje merodeando por mi jardín, tal vez un mapache o un zorro, esas cosas pasaban.

Un sonido similar a un leve gruñido llegó hasta mis oídos y me erguí.

¿Era un jabalí?

Intentando controlar los latidos desbocados de mi corazón, aparté un poco la cortina y asomé un ojo, cautelosa. Algo peludo se movió en la parte baja de mi ventana.

Segura al cien por cien de que era un animal, aunque no sabía de qué especie se trataba, encendí la luz de mi porche trasero y abrí la puerta de un fuerte tirón para asustar al animalillo, que seguramente estaba escarbando en mis macetas de margaritas.

Al no percibir movimiento alguno, me asomé con cuidado y mi boca se desencajó.

Sentado en un pequeño banquito decorativo que había puesto bajo la ventana de mi cocina, estaba Logan, completamente dormido.

Solté la escoba y me acerqué a él zarandeándolo un poco.

—Oye —Volví a moverle—. Despierta Logan, no puedes dormir aquí.

Él emitió un leve ruidito sin abrir los ojos.

—¡Logan! —Le palmeé la cara.

Su piel estaba ardiendo. Posé mi mano en su frente para asegurarme de que lo que había sentido era fiebre y solté una palabrota entre dientes.

—¡Despierta! —Cogí su cara entre mis manos—. Logan, despierta. Tengo que llevarte adentro y si no me ayudas no voy a poder.

Él murmuró algo ininteligible y sus ojos se movieron un poco, como si quisiera abrirlos.

—Vamos, solo un esfuercito.

Me senté junto a él y pasé uno de sus brazos por mis hombros.

—Una, dos y… —Tiré de él pero no se movió—. Logan, si no me ayudas tendré que llamar a una ambulancia. No puedes quedarte aquí.

Cuando volví a tirar de él, se tambaleó a mi lado y se puso en pie con mucha dificultad.

Con pasos muy lentos y apoyándonos en todas las paredes y muebles que nos fuimos encontrando por el camino, conseguí a duras penas llevarle hasta mi cama y dejarle allí, como un muñeco de trapo de metro ochenta.

A pesar de que mi cama era de matrimonio, el chico casi la ocupaba por completo.

Sin pensarlo mucho, le quite las deportivas y, después de forcejear mucho con él, conseguí deshacerme de la chaqueta, la bufanda y un grueso jersey de cuello vuelto.

Agradecí que llevara una camiseta interior de manga larga que cubría todo su tatuaje. Después de doblar con cuidado su ropa y dejarla sobre la silla de mi tocador, posé mis ojos en sus pantalones.

Una cosa era haberle quitado el jersey para que no se agobiara con tanta ropa bajo mi colcha, pero los pantalones eran otro asunto bastante más delicado.

Me lo quedé mirando un largo rato. Su pecho bajaba y subía un poco más rápido de lo normal.

Al final, decidí que lo importante era que estuviera cómodo, ya que bastante tenía con lidiar con aquella alta fiebre, y decidí quitarle los pantalones. Me incliné sobre él y desabroché con cuidado el cinturón y el botón de su bragueta. Cuando, con dos dedos, bajé la cremallera, una idea asaltó mi mente.

—Por favor… por favor… —murmuré a modo de rezo—. Que no sea de esos tíos que van rollo comando, no me apetece conocer al pequeño Logan.

Cuando una tela de color azul marino se dejó entrever, respiré tranquila.

Un minuto después, y tras dar algunos tirones poco delicados, conseguí tener a Logan medio desnudo en mi habitación.

Me mordí el labio inferior mientras negaba con la cabeza.

—Muy bien Sage, llevando el peligro directo a tu cama —me felicite irónicamente.

Logan murmuró algo y se removió inquieto, haciendo que olvidara mis pensamientos absurdos y que me centrara en lo que realmente era importante. Su fiebre.

Le arropé con cuidado y le coloqué mi termómetro para ver si la cosa era extremadamente grave.

Cuando la cifra en la pantalla digital me reveló un 38.3, solté un suspiro y me encaminé al botiquín de mi baño para buscar un antipirético y una toalla húmeda para su frente.

Una hora más tarde y después de batallar con Logan para que se tragara la pastilla, volví a comprobar su temperatura, que había bajado casi hasta valores normales y, destrozada, me dejé caer en el sofá de mi salón envuelta en una manta y me dormí.

23

Sage

El sonido de unos lamentos lejanos se filtró en mis sueños y poco a poco fui recobrando la consciencia. Cuando recordé que estaba en mi sofá y que Logan estaba en mi cama, me senté de golpe haciendo que la manta cayera al suelo.

¿Estaba loca? ¿Cómo había pasado aquello?

Un leve sollozo llegó de nuevo hasta mí y, con pasos cautos, me asomé a mi habitación. Logan se removía inquieto en mi cama. Parecía que estaba teniendo una pesadilla.

Preocupada por si su fiebre había vuelto a subir me acerqué a él y coloqué mi mano sobre su frente perlada de sudor.

—Mamá —jadeó—. Respira…

Su frente estaba caliente pero no parecía tener fiebre.

—Logan —susurré.

—No me odies Sage —Movió la cabeza bruscamente—. Gatita salvaje de ojos verdes…

Fruncí el ceño intentando relacionar aquellas dos frases que en mi mente no tenían ningún sentido.

—Tranquilo —susurré—. Es solo una pesadilla.

Aquellas palabras parecieron relajarle y su expresión cambió, dándole un punto inocente. Le aparté con los dedos algunos mechones de cabello que tenía pegados a la frente por el sudor y deslicé el dorso de mi mano de su sien hasta su barbilla.

Tenía que reconocer que Logan era bastante guapo, incluso estando enfermo.

Solté el aire nerviosa, intentando deshacerme de aquellos pensamientos que estaban creciendo en mi interior y decidí dejarle dormir un poco más. Justo cuando me disponía a levantarme de la cama, Logan abrió lentamente los ojos, como si le pesaran los párpados.

—Este sueño es nuevo —susurró intentando enfocar la mirada en mí—. Qué bonita eres.

Mis mejillas se sonrojaron un poco y me puse en pie, buscando algo de distancia entre nosotros.

—Logan.

Él reaccionó y abrió del todo los ojos.

—¿Qué haces en mi casa, Sage? —su voz estaba más ronca de lo normal.

—No estás en tu casa, sino en la mía.

Sin comprender del todo qué era lo que le estaba diciendo, se incorporó con una mueca de dolor y se sentó en la cama. Se llevó la mano a la cabeza frotándose la frente.

—Ayer… —Hizo una mueca triste—. Cuando nos despedimos sentí un mareo y me senté en el banquito de piedra de tu jardín para recuperarme y… ya no recuerdo nada.

—Tuviste suerte de que tus ronquidos me alertaran y diera contigo —Sonreí—. De lo contrario, hoy tendrías una pulmonía o algo peor.

—Yo no ronco —Entrecerró los ojos.

Asentí lentamente, mientras una sonrisa burlona se dibujaba en mi cara.

—Lo haces y déjame decirte que tan fuerte como para que te confundiera con un jabalí.

—¿En serio?

—En serio.

Él soltó una risilla y al instante se presionó las sienes con los dedos.

—¿Te duele la cabeza?

—Un poco.

—Hagamos una cosa, date una larga ducha caliente y yo prepararé el desayuno; si después de comer aún te duele te daré un analgésico.

Logan me miró con los ojos brillantes y esbozó una suave sonrisa.

—¿Qué pasa? ¿Por qué me miras así?

—Gracias por cuidarme.

Me encogí de hombros y me dispuse a salir de la habitación.

—¿Qué querías? ¿Que te dejara gruñendo en mi jardín y que un vecino te diera caza?

Él soltó una risotada y se volvió a coger la cabeza con las manos.

—No me hagas reír, duele —Se sentó en el borde de la cama para ponerse en pie y se quedó petrificado—. ¿Y mis pantalones?

—Tu… tu ropa está sobre la silla —Salí del cuarto cerrando la puerta—. ¡Hay toallas en el armario del baño!

Me encaminé a la cocina intentando controlar mi pulso y rezando para que Logan no malinterpretara nada.

24

Logan

Sentí como el agua caliente se deslizaba por mi espalda y el olor al jabón de jazmín de Sage me invadía por completo.

Aquello iba a hacer que perdiera mi autocontrol y echara abajo todos mis planes de no asustarla, eso si no lo había conseguido ya colándome involuntariamente en su casa a causa de mi fiebre.

Recordé un segundo lo que había sucedido la noche anterior y mi corazón se congeló en mi pecho haciéndome sentir una presión que casi me dolía. Tragué con dificultad y sentí como los ojos empezaban a picarme.

Mi madre me había llamado en el último momento, con la esperanza de que Penny mejorara, pero no fue así. Por suerte, teníamos un veterinario de confianza que se desplazó al refugio y la pudimos dormir en su camita, rodeada de nosotros y algunos de los perros que habían formado manada con ella.

Cerré los puños con fuerza.

Sabía que la vida era así, que en mi corazón Penny viviría para siempre, pero dolía.

Joder si dolía.

Me enjaboné el pelo y me tomé con mucha calma el resto de la ducha.

Tras secarme y vestirme con la ropa que Sage había doblado cuidadosamente, salí al salón donde ella estaba recogiendo el desorden de la fiesta de la noche anterior.

—Si quieres, puedo ayudarte —Sonreí.

Ella me miró y negó con la cabeza. Verla con un pijama de franela de color amarillo con rayas blancas y el pelo completamente alborotado me encantaba. Era como si poco a poco fuera construyendo un repertorio de diferentes versiones de ella.

—Ayer tenías bastante fiebre y hoy es mejor que te lo tomes con calma. Es posible que tengas un gripazo.

—No —Meneé la cabeza acercándome un poco a ella y ayudándola a llevar unos platos a la cocina—. Es fiebre causada por el estrés y la ansiedad.

—¿Eso puede pasar? —Me miró con el ceño fruncido.

—Sí y a mí me pasa bastante —Esperé un segundo porque mis ojos se empañaron de nuevo—. En realidad, me pasa mínimo una vez al año, concretamente en octubre, justo cuando es el aniversario de la muerte de mi padre.

Sage, que estaba metiendo unas bolas de papel de regalo en un cubo de basura, se quedó inmóvil un segundo.

—Él día que me dejaste plantada en el estudio… No entendía por qué Elsa te defendía tanto… y tú… —Se puso un poco pálida—. Logan, lo siento.

—Tranquila, tú no lo sabías.

Me senté en un taburete en la pequeña barra de la cocina donde ella ya había colocado tostadas, mantequilla y una botella de zumo.

Sage se sentó frente a mí con dos platos con huevos revueltos.

—Creo que estoy acumulando una larga lista de disculpas pendientes para ti.

—¿A qué te refieres? —Cogí el plato—. Gracias.

Ella soltó un suspiro mientras rellenaba los vasos con zumo.

—Primero, me metí contigo por tu supuesto miedo a volar —Miró al suelo—. Después, llame zorrita a tu madre y, ahora, por odiarte por darme plantón cuando en realidad lo estabas pasando muy mal.

—Visto así, tengo mucho que reprocharte.

—¡Logan! —Me miró con los ojos llenos de pena.

—Sage, no lo sabías, ¿vale? —Sonreí antes de llevarme el tenedor a la boca con un poco de huevos.

Ella llenó de aire sus pulmones.

—Aun y así, me siento mal. La he cagado, y mucho.

—No te fustigues —Entrecerré mis ojos, juguetón—. Ya buscaré la manera de que me lo compenses y estaremos en paz, ¿trato hecho?

—Vale —musitó en el borde de su vaso antes de beber.

Ambos comimos un rato en silencio, pero en ningún momento me sentí extraño o incómodo. Era como si fuera lo más normal del mundo.

—¿Te puedo preguntar algo? —sonó algo tímida.

—Espero que no sea el color de mis calzoncillos, porque lo sabes muy bien.

Ella entrecerró los ojos.

—La próxima vez que te salve de morir congelado en mi jardín, me aseguraré de que duermas hasta con los zapatos para tu mayor comodidad.

Solté una fuerte carcajada que me hizo hacer una mueca de dolor al resonar en mi cabeza. Aún me dolía.

—Eso es el karma, amigo —se burló ella apuntado a mi frente con el tenedor.

—Eres malvada.

—Y tú, un santo —Mordió una tostada con furia y algunos trozos de pan volaron por todas partes.

Cuando Sage tragó el pedazo de pan con mantequilla, me di cuenta de que una de las migas se había quedado pegada en la comisura de sus labios. Sin pensarlo, alargué la mano y se la limpié con el dedo pulgar y la llevé de vuelta directo a mi boca, donde me la limpié con la lengua, para seguir comiendo después, como si no hubiera pasado nada.

Los ojos de Sage se agrandaron y de su boca se escapó un jadeo.

—Sigo esperando tu pregunta —canturreé animado.

Ella se irguió en la silla y llenó de aire sus pulmones.

—Sí, claro, la pregunta —carraspeó—. ¿Siempre que te da la fiebre por estrés, deliras? Porque ayer estabas completamente ido y puede ser peligroso si te pasa conduciendo.

—Depende un poco de la temperatura, ¿a cuánto me puse ayer?

—A más de treinta y ocho.

Solté un bufido.

—Sí, para mí eso es muchísimo.

—Vaya, a mí no suele afectarme casi nada la fiebre, es decir, obviamente me encuentro mal, pero nunca siento mucha debilidad y ni mucho menos deliro.

—Pues tienes suerte, porque yo veo hasta dragones de colores y no es algo agradable.

Ella soltó una risa con un punto travieso.

—Ayer dragones no había, pero llamabas a tu madre como un niño pequeño.

Pensé un segundo y la imagen del delirio acudió a mi mente, cambiando mi buen humor en un segundo.

—Habría preferido los dragones, créeme —intenté bromear sin mucho éxito.

Ella me miró dándose cuenta de que había dicho algo incorrecto, pero no quise contarle que justo aquello era otro de los puntos débiles de mi vida.

La pobre ya se sentía bastante mal con lo que había descubierto hasta ahora.

—Oye, Sage —La miré—. Gracias por todo, de verdad. No tenías porqué haberlo hecho.

—Necesitabas ayuda —Se puso en pie y recogió su plato vacío.

—Deja que friegue los platos como compensación —Me levanté imitándola.

—No hace falta.

Ambos caminamos hasta el fregadero y, tras dejar los platos, me remangué la camiseta dejando a la vista mis antebrazos.

Ella palideció y los músculos de su mandíbula se tensaron al apretar los dientes.

—Sage —murmuré—. ¿Ahora puedo hacerte yo una pregunta?

Ella asintió dándome la espalda mientras hacia ver que buscaba algo en un armario.

—¿Por qué reaccionas con ese pánico cada vez que ves mi tatuaje de cerca? —Di un paso hacia ella—. ¿Es porque el tipo al que dijiste que me parezco llevaba uno parecido?

Ella estaba inmóvil, con la espalda en tensión y por un momento creí que me echaría a patadas de su casa.

—Sí, llevaba un demonio parecido al tuyo —su voz era apenas un susurro—. Y el tuyo da bastante miedo.

—¿Sabes qué hay que hacer cuando algo nos da miedo?

Ella negó con la cabeza y su cabello revoloteó en su nuca.

—No lo sé.

—Cuando algo nos da miedo, debemos enfrentarnos a ello poco a poco, para que al final nos sea indiferente —Di otro paso hacia ella—. ¿Quieres probar?

—No —su voz sonó aguda.

Di otro paso poniéndome muy cerca de ella. Quería que notara que yo estaba allí, que no estaba sola.

—¿Y si te pido que lo hagas por mí? —me incliné un poco y

susurré en su oído—. En compensación por tus meteduras de pata.

—Eso es jugar sucio, Logan.

—Es un simple dibujo sobre mi piel.

Ella se quedó en silencio, inmóvil y yo hice lo mismo.

—No vas a parar hasta que lo haga, ¿verdad?

—Es posible.

Se giró de golpe, más deprisa de lo que yo había esperado y, levantando la cabeza, me desafió con sus ojos verdes.

—Hazlo ya, antes de que me arrepienta.

Intentando disimular mi sonrisa de triunfo, la cogí de la mano, me senté en un taburete y la obligué a hacer lo mismo frente a mí.

Me bajé por completo la manga de mi brazo tatuado y lo puse sobre la mesa.

—Si ves mi brazo ahora, ¿te molesta?

—No —murmuró claramente incómoda.

Me subí un poco la manga, solo unos centímetros, dejando expuestos los dibujos intrincados de rayos de sol negros y flores de cerezo.

—¿Y ahora?

—No —meneó la cabeza—. Puedes descubrirlo todo de golpe.

—¿Segura? —Ella asintió cruzando los brazos sobre su pecho—. Como quieras.

Con un par de tirones, me saqué la camiseta y la dejé sobre la barra de la cocina. Los ojos de Sage se abrieron como platos. Sin duda, no esperaba que me fuera a desnudar.

—¿Te molesta ahora mi tatuaje?

—En realidad, me molesta más que estés medio desnudo en mi cocina —Se puso algo roja.

Yo solté una carcajada divertida.

—Eso es buena señal —Con mi otra mano señalé al demonio—. ¿Te incomoda más él o yo?

Ella se mordió los labios, claramente nerviosa.

—Él.

—Te contaré una historia —Flexioné un poco mi brazo y mis músculos se tensaron haciendo que el tatuaje se estirara un poco—. Este pequeño de aquí, fue el primer tatuaje que me hice, es un pez luchador y lo escogí un poco como símbolo de rebeldía adolescente.

Sage miró el tatuaje de color azul y negro que se perdía un poco entre los demás.

—Mi madre casi sufre un colapso el día que me lo hice —Me encogí de hombros—. Después, vino el demonio, aunque no es algo malvado como tú puedas imaginar, es en realidad un oni, un espíritu japonés que con su aspecto feroz espanta lo negativo de la vida de quien lo lleva.

Ella siguió el movimiento de mis dedos, mientras yo acariciaba el dibujo con cuidado.

—Me lo hice una semana después de la muerte de mi padre y, aunque no te lo parezca, su rostro fiero me dio fuerza en los peores momentos de mi vida.

—Logan… —musitó con la voz un poco rota.

Moví la cabeza y sonreí indicándole que estaba bien.

—Después, me hice los rayos del sol naciente y las flores de sakura, en concreto cinco flores, una de ellas por cada mes que mi madre estuvo ingresada a causa de la depresión que le produjo la pérdida de mi padre.

Los ojos de Sage empezaban a brillar con algunas lágrimas contenidas.

—Finalmente, vino el dragón —Deslicé mi dedo desde el interior de mi muñeca en espiral hasta llegar a mi omoplato—. Éste me lo hice por los delirios que tengo cuando tengo fiebre.

Sage soltó una carcajada que pareció mas un sollozo ahogado y yo me reí también de mi ridícula broma.

—Eres tonto —Se relajó—. En serio, ¿Por qué es el dragón?

—Porque es un símbolo de buena suerte y hubo un tiempo en el que creí que yo no la tenía, igual que tú.

Sage me miró y sentí que por fin estábamos estrechando lazos. Le cogí la mano con ternura y la posé sobre mi antebrazo, justo encima del oni.

—¿Te da menos miedo ahora?

Ella deslizó sus dedos, acariciando el contorno de los cuernos del demonio, para luego deslizar sus suaves y cálidas yemas sobre todas y cada una de las flores de cerezo. Mi piel hormigueaba con cada caricia de ella, pero no me atrevía ni a respirar.

—Es muy triste —Dejó su mano sobre la mía, pero no me miró—. Envidio que puedas ser tan feliz después de pasar por tanto.

—No soy feliz después de haber pasado todas esas desgracias —Le levanté la cara con un solo dedo para que me mirara—. Soy tan feliz ahora, precisamente porque pase por ellas. Porque cuando conoces la cara más dura de la vida, aprendes a valorar muchísimo más los momentos felices.

—Pero la felicidad es muy efímera y puede desaparecer de un plumazo.

Sage tembló ligeramente y yo le acaricié la mejilla con el pulgar.

—Nada es eterno, ni lo bueno ni lo malo. Pero, ¿qué es más triste? ¿Ser plenamente feliz una única vez o vivir con miedo a perder la felicidad y no experimentarla nunca?

Me incliné ligeramente hacia ella hasta que casi me pude ver reflejado en sus ojos vidriosos. Sage me apretó con la mano que tenía sobre mi tatuaje, pero no se apartó.

La punta de mi nariz rozó la suya en una ligera caricia y entonces, antes de besarla, me detuve. No quería que se agobiara, que se arrepintiera de nuevo porque quisiera besarla, así que esperé pacientemente a que lo hiciera ella.

Desvié mis labios hasta su mejilla y le di un casto beso.

—Sé feliz, Sage —Me aparté de ella y me puse en pie—. Te lo mereces.

Recogí mi camiseta de la barra de la cocina, me vestí y me puse a fregar los platos como si no hubieran saltado chispas entre nosotros y mi corazón estuviera latiendo como un martillo neumático.

25

Sage

Di un par de saltitos para quitarme el frío de encima, mientras Elly y Evelyn miraban un escaparate lleno de libros. Faltaban solo dos días para Navidad y las dos primas me habían convencido para acompañarlas a comprar los regalos de última hora para su familia.

Yo no era muy fan de las compras y mucho menos de las multitudes, pero me había dejado arrastrar al centro comercial porque era la última oportunidad de estar con mis amigas en varios días.

Mis dedos juguetearon con el trébol amarillo, que volvía a colgar en mi cuello.

Después de que Logan se marchara aquella extraña mañana de mi casa, rescaté el colgante de mi joyero y me lo volví a poner. Fue un impulso, pero en el fondo sabía que haciendo aquello estaba aceptando definitivamente a Logan en mi vida.

Yo podía ser muchas cosas, pero si de algo estaba orgullosa era de reconocer y enmendar mis errores, y ahora, tras la conversación sobre el tatuaje de él, que me rompió por dentro, estaba convencida de que le había juzgado muy erróneamente.

Quizás él sí disfrutaba acostándose con mujeres, pero no creía que fuera irrespetuoso en ese sentido, ya que conmigo era de lo más cuidadoso. Respecto al resto de mis locas suposiciones, dudaba que Logan fuera un maltratador, alguien con una doble cara terrorífica y mucho menos un asesino.

Sentí un escalofrío y el rostro de Noah apareció en mi mente.

Sus ojos azules fríos como el hielo, sus tatuajes llenándole los brazos con figuras obscenas, demonios y llamas, los insultos que me decía, el asesinato que cometió y que yo no pude evitar…

Agité la cabeza y llené de aire mis pulmones intentando tranquilizar la ansiedad que empezaba a tensarme los músculos.

Noah no era Logan. Ahora estaba segura de ello.

A pesar de eso, no sabía qué estaba pasando entre nosotros. Había alejado a Logan tantas veces de mí, que cuando creí que me besaría en mi cocina me di cuenta de que él había perdido el interés, porque de no ser así, no comprendía el inocente beso en mi mejilla.

¿Es que acaso su pulso no se había acelerado tanto como el mío? ¿No había sentido un tirón en el bajo vientre cuando le estuve acariciando todas las líneas de su tatuaje? ¿No había sentido una descarga cuando nuestras narices chocaron?

Elly se coló en mi campo de visión agitando su mano frente a mis ojos y vi como de sus orejas colgaban unos pendientes de plumas de color fucsia.

—¿En qué tío bueno estás pensando para que tengas esa expresión?

Mis mejillas ardieron y Evelyn me miró con una enorme sonrisa juguetona.

—No estaba pensando en ningún tío, estaba pensando en lo que me haría para cenar.

Las tres empezamos a caminar entre la gente cargada de bolsas.

—Ya, claro —Elly miró a su prima con un punto perverso—. ¿Cocinarás Logan al horno con patatitas?

Cuando las miré con los ojos muy abiertos, ambas empezaron a reír. Evelyn se colgó de mi brazo y pestañeó coqueta.

—¿De dónde habéis sacado la idea de que me gusta Logan?

—¿De dónde va a ser? —Elly me dio un golpe con el hombro—. En la fiesta de pre-estreno, temí que sufrieras deshidratación por como babeabas por él cuando estábamos en el escenario.

Me paré y las obligué a hacer lo mismo.

—Eso no es verdad —. Mentí.

—Vamos, Sage, reconócelo. Logan te atrae un poquito —Evelyn tiró de mí para que siguiera caminando.

—Mi prima es muy educada; lo que quiere decir en realidad es que sabemos que te mueres por comerle hasta la gomilla de los bóxers.

—¡Elly! —Evelyn y yo gritamos al unísono.

Las fuertes carcajadas de Elly hicieron que algunos transeúntes se nos quedaran mirando, pero a ella le dio completamente igual.

Tiré un poco de mi bufanda. A pesar de estar en un centro comercial exterior, de pronto hacía bastante calor.

—Ahora en serio, Sage —Evelyn sonaba divertida—. ¿Logan te gusta? Porque hasta hace poco sé que le odiabas a muerte pero…

—Del odio al amor hay solo un paso —Elly completó la frase.

Por un segundo, me sentí atrapada entre mis dos amigas, pero estaba harta de huir de aquel tema en concreto, de no pensar en ello, de engañarme respecto a lo que sentía.

Localicé con la mirada una mesa vacía en una cafetería cercana y empecé a caminar hacia allí, haciendo que Elly y Evelyn me siguieran.

Me dejé caer de golpe en una silla.

—Ya no le odio.

Las sonrisas casi idénticas de mis amigas fueron lo último que vi antes de bajar la cabeza un poco avergonzada por abrir mi corazón.

—Entonces podemos empezar a cantar eso de Logan y Sage, sentaditos en un árbol…

Evelyn le dio un codazo a su prima para que dejara la broma y me miró un punto seria.

—¿Te gusta en serio?

Yo la miré un segundo, escrutando en mi interior e intentando poner nombre a lo que sentía por Logan.

—No lo sé —Me pasé la lengua por los labios—. Me atrae, de eso estoy segura.

—Bueno, nadie dice que tengáis que casaros —comentó Elly despreocupada—. Si a ti te gusta y tú a él también podéis tener solo una relación física.

Miré a Elly que, despreocupada, hacia un gesto al camarero y le pedía tres capuchinos con extra de nata.

—¿Tú quieres una relación? —Evelyn me miraba con los ojos muy abiertos—. Porque es importante que ambos queráis lo mismo.

—Yo no puedo tener una relación estable —sentencié y mi corazón se encogió.

Mis amigas me miraron asombradas por mi sincera respuesta.

—Entonces, dejadlo en lo físico y disfrutad.

Un camarero nos sirvió nuestras bebidas y Elly le miró el culo cuando se marchó.

—Es que no sé si Logan quiere algo así conmigo.

Evelyn empezó a reír sonoramente mientras Elly ponía los ojos en blanco.

—Estamos hablando de Logan —Evelyn me palmeó la mano—. Como le des pie a algo más que amistad, lo tomará encantado.

—Y cuando eso pase —Elly entrecerró los ojos con malicia—. Querremos los detalles y… las medidas.

Asentí fingiendo una sonrisa, mientras tomaba un sorbo de mi café, aunque no estaba segura de que Logan, por muy fácil que yo se lo pusiera ahora, se fuera a interesar por mí.

26

Sage

Di varias vueltas a la taza de café que me había preparado, cogiéndola por el borde, como si ese hipnótico movimiento pudiera aclarar mis pensamientos.

Era el día antes de Nochebuena y, aunque ya estaba acostumbrada a pasar todas las vacaciones sola, una pequeñísima parte de mí deseaba tener que asistir a fiestas llenas de familiares, regalos, canciones absurdas y comida como para alimentar a un regimiento.

Quizás no eran las celebraciones lo que echaba de menos, lo que echaba de menos era el amor de una familia. Hacía siete años que había discutido con mis padres y no habíamos vuelto a hablar desde entonces.

Dejé caer la mano junto a la taza. Me sentía sola.

Sin saber por qué, la imagen de Phoenix acudió a mi mente y las palabras de Mari Jo también. Yo estaba sola y necesitaba amor y a Phoenix le pasaba igual. ¿Y si olvidaba mis miedos y la adoptaba?

Sonreí casi sin darme cuenta y, dejando el café sin tocar sobre la barra de mi cocina, cogí las llaves de mi coche y me marché.

Al estacionar el coche en el aparcamiento del refugio media hora después, no pude evitar ponerme un poco nerviosa. Hacía un par de semanas que no iba por allí sin dar ningún tipo de explicación y, aunque era cierto que yo no me había comprometido a nada, me sentía mal por mi desaparición repentina.

Bajé de mi coche y me acurruqué en mi abrigo. Hacía bastante frío.

Mis ojos revisaron los vehículos aparcados, deseando en secreto ver la pick-up de Logan, pero no estaba allí.

Me mordisqueé la uña del pulgar, nerviosa. Me sentía tonta, había estado días y días evitándole y ahora le buscaba.

Sin pensarlo más, me encaminé hacia el despacho de Marie Jo. Pero antes de llegar, una chica de cabello castaño, recogido en una trenza, me interceptó por el camino. No la había visto nunca.

—¿Te puedo ayudar en algo? —me dijo algo cortante.

—Sí, vengo a ver a Marie Jo.

—La jefa no está, ¿no lo ves? —señaló la puerta cerrada del despacho—. ¿Qué quieres?

Solté un bufido. ¿Aquella chica era de lo más borde o era impresión mía?

—Venía a tramitar una adopción.

La castaña me miró de arriba abajo, escrutando cada detalle de mi persona y poniendo una mueca de disgusto.

—¿Gato o perro?

—Phoenix —me limité a decir tajante.

—No.

—¿No? —Sentí como mi sangre empezaba a hervir—. Marie Jo dijo que podía adoptarla.

Ella enarcó las cejas como si yo le hubiera soltado una gran mentira y cruzó los brazos sobre el pecho, altanera.

—Primero, dudo que ella te dijera eso, Phoenix no es una gata apta para la adopción —Hizo un gesto de desprecio con la mano—.

Y segundo, aunque yo diera luz verde a la adopción, que lo dudo, no podrías llevártela porque Phoenix ya no está aquí.

De pronto, sentí como si el suelo se hundiera bajo mis pies y el enfado que sentía por aquella chica pasó a un segundo plano.

—Ella… Phoenix… ¿ha muerto? —Sentí un sudor frío.

—¿Qué dices? —soltó una risotada irónica—. Se la han llevado.

Me llevé la mano al pecho sintiendo como mi corazón latía de nuevo.

—¿Dónde se la han llevado?

—Haces muchas preguntas para no haberte ni presentado —me espetó.

Nos quedamos mirando un segundo y la fulminé con la mirada. Finalmente, decidí que con educación conseguiría más información que con odio.

—Perdona, soy Sage, una amiga de Logan.

—¿Sage? —Enarcó las cejas—. Ya entiendo. Claro...

—Ya entiendes, ¿qué? —solté perdiendo un poco los papeles.

Ella se miró las uñas, como si hubiera descubierto recientemente que las tenía allí, en la punta de sus huesudos y feos dedos.

—Nada… nada —Rió—. Como sea, no estoy autorizada a decirte dónde esta Phoenix, así que, a no ser que quieras ponerte a limpiar mierda de perro conmigo, nuestra conversación está finalizada.

Mi boca se abrió formando una enorme O. ¿Pero qué narices le pasaba a aquella chica? Me la quedé mirando un momento pensando en meterla a la fuerza en una de las jaulas para perros con un cartel enorme que pusiera "cuidado la perra, muerde", pero descarté la idea. Yo era mejor que aquello.

—Me marcho —le solté encaminándome hacia la salida.

—Oh, qué pena, ¿demasiado trabajo para una princesa de ciudad? Me giré y la fulminé con la mirada.

—Es que ya he tenido suficiente mierda por hoy con la que sueltas tú por la boca —Le hice un corte de mangas—. ¡Feliz Navidad!

Me subí a mi coche y me marché haciendo chirriar las ruedas. Sí, sabía que no había sido lo más elegante por mi parte, pero a veces sentaba bien soltar ciertas cosas a la cara.

Moví la punta de mis pies haciendo que los ridículos calcetines de renos navideños que me había auto regalado se movieran, intentando imaginar lo diferente que sería aquella noche para mí si hubiera podido adoptar a la pequeña gata de un solo ojo.

Una vez se me hubo pasado el enfado por la maleducada chica del refugio, se apoderó de mí una culpabilidad enorme por no haberme decidido antes a dar el paso y adoptar a Phoenix.

—Sage, experta en dejar pasar oportunidades únicas en la vida —canturreé.

Resignada, recogí los platos de mi cena y me encaminé a la cocina. Justo cuando me volví a dejar caer sobre el sofá, el timbre de la puerta sonó insistentemente.

Miré el reloj. ¿Quién podía ser a esas horas de la noche?

Revisé un segundo mi atuendo, que se componía de unos pantalones de franela amarillos y un gordo jersey marrón de cuello alto, que tenía más años que yo y me pareció que era lo suficientemente aceptable para dejarme ver en público.

Cuando abrí la puerta, no había nadie.

La calle estaba silenciosa y no había vehículos extraños aparcados en la acera, solo los de mis vecinos que conocía bien.

Entrecerré los ojos confundida y, justo cuando me disponía a cerrar la puerta la vi. Una enorme caja de cartón llena de pequeños agujeritos y un lazo amarillo en la parte superior estaba encima de mi alfombrilla.

Volví a mirar a ambos lados de la calle, pero no había nadie.

Un poco nerviosa, le di un pequeño golpe a la caja con el pie, con desconfianza y entonces un maullido suave, ronco y que conocía a la perfección llegó a mis oídos.

—¿Phoenix?

Cogí la caja con cuidado y la metí en casa, cerrando la puerta de un solo golpe con mi trasero. Cuando dejé la caja sobre el sofá y la abrí, el ojito verde de Phoenix brilló con la luz de mi salón.

—Pequeña —susurré—. ¿Qué haces aquí?

La gata empezó a mover su nariz negra oliendo los nuevos aromas que percibía de mi casa. Yo la miré y la dejé hacer, mientras abría un poco más la caja para que, cuando se sintiera segura, pudiera salir con facilidad.

La observé acostumbrarse poco a poco al entorno y, cuando saltó de la caja al respaldo de mi sofá, no pude evitar sonreír.

Justo en el momento en el que seguía a Phoenix, que aventurera se había encaminado a mi dormitorio, mi móvil empezó a sonar y yo, absorta en lo que hacía la gata, contesté sin mirar.

—¿Diga?

—Feliz Navidad. ¿Te ha gustado mi regalo?

La voz de Logan hizo que me quedara paralizada en el suelo y perdí de vista a la gata.

—Sí —susurré mientras me inclinaba mirando debajo de la cama y veía a Phoenix que jugaba con un calcetín que a saber cuánto tiempo llevaba allí—. ¿Cómo sabías que hoy he ido al refugio para adoptarla?

—¿Ah, sí? No lo sabía. En realidad me llevé a Phoenix ayer para ponerla guapa para ti.

—¿De verdad? —mi voz sonó muy suave—. Gracias.

La gata salió corriendo y entró en el baño dispuesta a seguir explorando, pero de pronto pegó la barriga al suelo y empezó a caminar lentamente.

No pude evitar reírme.

—¿Qué pasa?

—Phoenix, se acaba de asustar de una toalla que hay en el perchero de mi baño —hice un gritito animado—. ¡Oh, no! Se le ha erizado la cola.

Logan soltó una carcajada.

Me agaché y acaricié el lomo de la gata, que me miró un segundo.

—Estás a salvo, pequeña, no pasa nada.

De pronto, una idea acudió a mi menté y me incorporé, llevándome la mano a la boca preocupada.

—Logan...

—¿Sí?

—No tengo nada para Phoenix... ni arenero, ni comida... nada.

Al otro lado del auricular, pude oír una leve risa.

—Ábreme.

Mientras me encaminaba con el ceño fruncido hacia la puerta delantera de mi casa, oí como alguien daba suaves golpes sobre ésta. Al abrir, me encontré a Logan, sonriente que sostenía un par de bolsas llenas de cosas.

—Feliz Navidad... —Levantó las bolsas—. Segunda parte.

Me hice a un lado y, con una sonrisa, dejé pasar a Logan en mi casa.

—Estas loco, ¿lo sabías?

—Sip —Me guiñó un ojo—. ¿Dónde está la fiera?

Justo en ese momento, Phoenix asomó la cabecita por la puerta de mi dormitorio.

—Está explorando su nuevo territorio.

—Eso es buena señal —Logan empezó a sacar cosas de las bolsas—. He traído todo lo necesario para empezar.

Le vi sacar una camita para gatos, un par de comederos y un enorme arenero con pala a juego.

—Phoenix no es muy exigente con el pienso, pero éste... —se puso un saco de comida junto a la cara como si fuera un anuncio— la volverá loca, es de salmón noruego.

Intenté contener una carcajada sin éxito.

Me asomé a ver qué quedaba en la otra bolsa y vi arena y varios juguetes, la mayoría de color amarillo.

Mi corazón se saltó un latido.

—Logan...

—De nada —se limitó a sonreír mientras echaba la arena en el arenero y se lo llevaba a la cocina—. Trae a Phoenix, debe aprender dónde esta su baño.

Unos minutos después, ambos estábamos en silencio observando como la gata olisqueaba la comida y su nuevo arenero. Cuando de pronto se metió en la caja y nos ofreció un espectáculo detallado de como hacía un pis, nos miramos animados.

—Y ésa es la señal de que oficialmente has sido adoptada, Sage.

—¿Yo?

Él cerró los ojos con resignación mientras asentía con la cabeza.

—Es un gato... ella es ahora tu dueña y tú, amiga mía, eres su esclava —sonrió—. Felicidades.

Solté una risilla mientras Phoenix se restregaba primero entre mis piernas y después entre las de Logan.

—¿Te apetece un café?

—¿Descafeinado?

—Por supuesto —sonreí.

Logan se apoyó a mi lado en la encimera mientras yo cogía un par de tazas y empezaba a preparar la bebida.

—¿Has dicho que has ido hoy al refugio?

—Sí, esta mañana —Le lancé una mirada seria—. Por cierto, hay una chica castaña que es bastante borde.

Logan asintió con la cabeza con el rostro un poco serio.

—Es Nadine —soltó el aire lentamente—. De saber que irías, te habría advertido sobre ella.

—¿Cuál es su problema? —El café empezó a burbujear en mi cafetera—. Literalmente, la he mandado a la mierda.

Logan contuvo una sonrisa sin mucho éxito.

—Está celosa de ti.

—Pero si no me conoce.

—De oídas, sí —Se pasó la mano por el pelo un poco nervioso—. Mi madre y yo hablamos a veces de ti y Nadine sabía que te iba a regalar a Phoenix.

Me quedé quieta con la jarra llena de café en la mano.

—¿No me digas que ella quería la gata?

—No —Desvió un segundo la mirada y volvió a posarla en mí—. Me quiere a mí.

Serví las tazas de café rompiendo la conexión con sus ojos, que empezaban a acelerar los latidos de mi corazón.

—Qué tontería que esté celosa de mí, ni que yo te gustara —murmuré casi sin pensar.

Logan se quedó en silencio y cuando me giré para darle la taza me miró levantando una única ceja.

—¿Estás segura de eso? —su voz fue un leve susurro un poco ronco.

Me cogió la taza de la mano, rozándome levemente los dedos al hacerlo.

—Gracias, Sage.

Mientras sentía mi pulso martillear en mis oídos y notaba como la temperatura de mi cuerpo se elevaba, pude ver como un brillo divertido se paseaba por los ojos de Logan.

Un ruido en el salón llamó nuestra atención y agradecí infinitamente la interrupción.

¿Logan estaba de broma o acababa de decir claramente que estaba interesado en mí?

Sin querer darle más vueltas al asunto, entré en el salón seguida de cerca por él, para ver a Phoenix que había tirado mi pequeño árbol de navidad y jugaba con una de las bolas.

—Serás bichito —La cogí en brazos y le planté un beso entre las orejas.

La gata se puso tensa un momento, pero al empezarle a acariciar el lomo decidió relajarse. Logan se acercó a nosotras, puso de pie el árbol y recolocó algunos adornos en su sitio a excepción de un pequeño gorrito de Papa Noel.

Desde el suelo, nos miró con una sonrisa de niño malo.

Se puso de pie, sacó su móvil y, colocando el gorrito en la cabeza de Phoenix, hizo una foto aprovechando que la gata se había quedado paralizada al sentir el objeto extraño. Al segundo, ella se sacudió y el adorno salió volando.

—¡Mira, está guapísima!

Logan se puso a mi lado, muy cerca, y colocó el teléfono frente a mí para que viera la foto.

—¡Oh, es muy mona! —hice un ruidito tierno— Eres adorable. —Volví a besar a la gata.

Ella me miró con cara de pocos amigos y yo solté una carcajada.

—Acostúmbrate a los besos, no pagas alquiler, así que ése es tu precio por vivir aquí gratis.

Logan soltó una risotada.

—Buen argumento —Tecleó algo en su móvil—. Te he mandado la foto.

Giré la cabeza para mirarle y le vi cerca de mí, tanto que nuestros cuerpos casi se tocaban.

—Logan… —mi boca se secó—. ¿Por qué haces todo esto por mí?

Él se inclinó un poco más hacia mí y mi respiración se volvió irregular.

—Te lo he dicho en la cocina, ¿no?

—Estabas de broma.

Él empezó a acariciar a Phoenix con movimientos deliberadamente lentos, que de vez en cuando pasaban del pelaje de la gata a mis manos. Como si fuera algo accidental.

—¿Qué pasaría si te digo que no era una broma?

—No te creería.

Él chasqueó la lengua.

—Auch.

No pude evitar reírme nerviosa mientras sentía como nuestras caderas y hombros ya se tocaban, como si poco a poco nos preparamos para colisionar de una manera muy lenta, pero sin poder evitarlo.

Los dedos de Logan pasaron directamente a acariciar el dorso de mi mano y yo levanté un poco más la cabeza, fijándome en sus brillantes ojos que tenían las pupilas tan dilatadas de deseo que casi parecían negros.

Él se inclinó hacia mí hasta que nuestras frentes se chocaron y yo solté un leve jadeo ante la anticipación de un inminente beso. Pero él estaba quieto, con la boca entreabierta y respirando con tanta dificultad como yo y, entonces, lo entendí. Logan me había cedido el control y aquello me encendió como una hoguera.

Solté a Phoenix y agarre a Logan por el cuello de su jersey atrayéndole hacia mí y le besé. Al principio, me limité a sentir sus suaves labios contra los míos mientras le rodeaba el cuello con los brazos, pero cuando él emitió un leve gruñido mi lengua se movió por si sola buscando la suya. Entonces, él pareció perder el control también. Puso sus manos en mi espalda, pegándome más aun a su cuerpo, haciéndome sentir todos sus músculos en tensión, mientras exploraba con exquisita lentitud mi boca.

Los besos de Logan me hacían perder el norte, era incapaz de pensar, de saber exactamente qué era lo que estaba pasando. La tensión sexual entre nosotros había estallado irremediablemente y en ese instante solo me importaba una sola cosa.

—Logan —jadeé cuando empezó a besarme el cuello.

Sus manos se colaron por debajo de mi jersey, subiendo por los laterales de mi cuerpo hasta dar con el inicio de mis pechos. Al sentir que yo no llevaba sujetador, se le escapó un suspiro que intentó disimular con otro profundo beso que hizo que mis piernas temblaran.

Joder, cada uno de sus ruiditos bastaba para ponerme como una moto.

Sus manos bajaron por mi espalda, lentamente, sintiendo cada centímetro de mi piel, hasta que deslizó sus dedos bajo la goma de mi pantalón, para acabar apretándome el trasero. Instintivamente, me apreté a él, sintiendo entre nosotros su abultado pantalón.

—¿Sofá o dormitorio? —jadeé contra su boca.

—Tu cama —me mordió el labio.

Tropezamos con absolutamente todos los muebles que había por el camino hasta mi habitación, pero nos negábamos a separarnos el uno del otro.

Cuando entramos en mi dormitorio, Logan se despegó un segundo de mí y, localizando el interruptor, encendió la luz.

—No —susurré—. Por favor.

Él se limitó a mirarme sin hacer preguntas, apagó la luz de nuevo y quedamos iluminados solo por la tenue luz del salón.

Dio un par de pasos hacia mí y yo le rodeé el cuello con los brazos, pidiéndole otro beso que no se hizo de rogar. Cuando ambos caímos en la cama, no pude evitar soltar una carcajada, hasta que noté como Logan empezaba a subirme el jersey con una mano, mientras empezaba a besar toda la piel que quedaba descubierta. Levanté los brazos sobre mi cabeza y le dejé hacer.

Ahora era mi turno de cederle el control a él.

Con deliberada lentitud, me empezó a acariciar el vientre con su boca, plantando suaves besos de vez en cuando, mientras con sus manos ascendía por debajo del jersey hasta encontrarse con mis pechos. Cuando cerró sus manos sobre ellos, solté un ruido ahogado y él, satisfecho con mi reacción, empezó a acariciarlos. Cuando arqueé la espalda un poco, en señal de que necesitaba más, él empezó a lamerme con la punta de su lengua desde el ombligo hasta llegar al centro mi escote. Me saqué el jersey de un tirón y la brillante sonrisa de él se iluminó en la penumbra. Me mordí el labio y le atraje hacia mí, besándole mientras le rodeaba las caderas con mis piernas, sintiendo su dureza contra mí, alargando la agonía de mi deseo por su cuerpo.

Deslicé mis manos por debajo de su jersey y la camiseta interior y arañé levemente la piel de su espalda.

—Tranquila, gatita —Me miró juguetón.

Incorporándose un poco, se quitó el jersey y la camiseta y los tiró al suelo, para después quedarse mirando mis pechos desnudos unos instantes.

Lejos de sentirme avergonzada y sabiendo que con aquella iluminación solo se podía hacer una ligera idea de mi cuerpo, me incorporé un poco y empecé a desabrocharle el cinturón.

—Parece que se está convirtiendo en una costumbre esto de que me quites los pantalones.

—Si quieres paro —Levanté las manos, desafiante.

La carcajada ronca de Logan fue lo último que oí antes de que se abalanzara sobre mí y empezara a besarme el cuello primero y uno de mis pechos después. Cuando apresó uno de mis pezones entre sus dientes, solté un leve jadeo y sentí como se excitaba aún más. Si aquello era posible.

Con una sola mano, se deshizo de los pantalones y sus bóxers y, tumbándose sobre mí, deslizó un brazo entre mi espalda y el colchón. Mientras me besaba con fiereza, me hizo rodar colocándome encima de él. Excitada por el repentino movimiento y su cuerpo totalmente desnudo bajo el mío, le apoyé las manos sobre los pectorales e irguiéndome para poder mirarle mejor examiné sus músculos como él había hecho conmigo.

Pude sentir como se tensaba cuando mis ojos se fijaron en su brazo tatuado, pero cuando me incliné y empecé a besar todos y cada uno de los dibujos de su piel, dándole a entender que ya no me daba miedo, se relajó de nuevo.

Al incorporarme para volver a besarle, mi entrepierna se rozó lentamente contra la suya y Logan emitió un gruñido. Juguetona, lo hice un par de veces más, mientras en esta ocasión era yo la que jugaba con mi lengua sobre sus pezones.

—Sage... —susurró con un tono de voz grave y muy sexy—. Vas a hacer que explote.

Solté una carcajada que se atragantó en mi garganta cuando él introdujo las manos bajo mi pantalón y lo bajó dejando mi trasero al aire.

Levantó la cabeza con un punto de diversión pícara en sus ojos.

—¿Es que no llevas ropa interior cuando vas por casa?

—¿Te supone un problema? —Me rocé de nuevo.

—En absoluto.

Poniéndome la mano en la nuca, me atrajo hacia él y me besó mientras pasaba su lengua por mi labio inferior.

Con mucha menos habilidad que él, conseguí deshacerme de mis pantalones, quedando completamente desnuda, a horcajadas. Podía sentir la magnitud y la dureza de Logan y estaba segura que él sentía perfectamente el calor y la humedad en mí.

El deslizó las manos por mi cintura, con una caricia lenta pero continuada, elevando ligeramente mis caderas, pidiéndome en silencio que conectara con él.

Cuando me incliné alejándome un poco, para coger un condón del primer cajón de mi mesilla, pude percibir el disgusto de Logan.

Mirándole, rasgué con la boca el envoltorio.

—Lo hago yo o prefieres ponértelo tú.

—Hazlo tú.

Colocó sus brazos detrás de su cabeza, ofreciéndose por completo a mí.

Me moví un poco para atrás, para tener un mejor acceso, y deslicé lentamente el preservativo. Juguetona, cada pocos centímetros subía y bajaba disfrutando de los sonidos que él hacía con aquella deliciosa tortura.

—Preciosa… —negó con la cabeza—. Eres perversa.

Solté una risa que sonó más como un jadeo y me acerqué a él, rozándonos de nuevo, dejando que poco a poco él encontrara el camino hasta mí. Cuando noté que estaba en el punto preciso, me deslicé sobre Logan, despacio, mientras cerraba los ojos sintiendo como mi cuerpo se amoldaba a su forma.

Le miré un segundo, quedándome extremadamente quieta, sin respirar, y cuando empecé a moverme sobre él, Logan olvidó todo su autocontrol y me sostuvo con sus fuertes manos por las caderas, indicándome la velocidad que le gustaba, lo profundo que quería entrar.

Arqueé la espalda mientras con mis manos me aferraba a sus bíceps flexionados y en tensión.

—Logan —jadeé.

Él se incorporó, quedando casi sentado, y buscó con su boca uno de mis pechos, devorándolo. Mis manos se hundieron en su pelo, mientras mis caderas cada vez se movían más deprisa, frotándome contra sus duros abdominales.

Para cuando mi cuerpo empezó a temblar, sintiendo un estallido inminente, sentí como el cuerpo de él se tensaba, convulsionándose casi al mismo ritmo que el mío, llevándonos a ambos al éxtasis entre jadeos y susurros ahogados.

27

Sage

Sentí la suavidad de mis sábanas y el peso de la colcha sobre mi cuerpo desnudo. A medida que me iba despertando, recordaba lo sucedido la noche anterior.

Una calidez se instauró en mi pecho descendiendo hasta la parte baja de mi estómago.

Me había acostado con Logan.

Sentí el peso de algo a mi lado, tirando levemente del edredón hacia él y abrí los ojos esperando verle junto a mí, dormido.

Cuando la visión de una peluda carita negra y un brillante ojito verde se enfocó, no pude evitar sentirme decepcionada. Phoenix se desperezó mientras empezaba a ronronear y pegó su naricita a la mía a modo de saludo. Le acaricié la cabeza y ella se dejó caer en la cama, completamente boca arriba, reclamándome unos mimos.

Solté un suspiro.

Logan se había marchado y oficialmente yo había pasado a engrosar su lista de conquistas de una sola noche y, aunque yo había aceptado hacerlo, en mi interior me sentía molesta.

—¿Qué esperabas Sage? ¿Flores y el desayuno en la cama? —me dije con ironía.

Me senté, cubriéndome con el edredón y me quedé petrificada. De pie, en la puerta de mi habitación estaba Logan, vestido únicamente con sus bóxers y llevando una bandeja con dos vasos de zumo y una pila de tortitas con sirope de chocolate.

Me sonrió burlón.

—Puedo salir a robar algunas flores del jardín de tu vecino si no te basta solo con el desayuno.

Me quedé blanca como la cera mientras él se acercaba a mí, me plantaba un sonoro beso en la frente y, tras apartar con cuidado a Phoenix, se metía en la cama poniendo la bandeja entre nosotros.

—Logan yo...

—¿Qué? ¿Pensabas que era tan cabrón como para pegarte un polvo y marcharme sin decirte nada? —Me ofreció un vaso de zumo—. No pasa nada, tengo esa fama.

—Lo siento.

Él negó con la cabeza y cortó un trozo de tortita que no tardó en llevarse a la boca.

Al ver que yo no me movía, pasó su brazo por detrás de mi espalda y me atrajo hacia él, abrazándome.

—Si te digo que es la primera vez que le preparo el desayuno en la cama a alguien, ¿me creerás? —Me besó en la coronilla.

—Obviamente, no —Sonreí contra su piel.

Su pecho se agitó levemente con una carcajada.

—Pues entonces ni te cuento que es la primera vez que me quedo a pasar la noche con una chica porque he sido incapaz de alejarme de ella.

Levante la cabeza para mirarle a los ojos.

—¿Te has planteado crear un curso on-line con frases infalibles para ligar? —Logan me despeinó con una sola mano—. En serio, ¡te harías de oro!

Empecé a reírme, pero le abracé, sintiendo su piel cálida sobre la mía. Siendo feliz por primera vez en mucho tiempo, aunque todo fuera mentira.

—Anda, come —Me dio un tenedor.

Sin decir nada más, empezamos a comernos las tortitas que compartimos de un mismo plato. Estaban un poco harinosas, pero el detalle había sido tan bonito que no me importó en absoluto.

—Logan —murmuré—. Tengo que ir al baño.

—¿Y?

—¿Puedes cerrar los ojos?

Las cejas de él se enarcaron con incredulidad.

—Estás de coña, ¿no? —Soltó una carcajada—. Después de lo de anoche, ¿no quieres que te vea desnuda?

—Exacto.

Él se mordió el labio de una manera bastante sexy y cerró los ojos.

Salí corriendo de la cama, cazando al vuelo una camiseta y unas braguitas y me dirigí al cuarto de baño.

—Sabes que tarde o temprano te veré, ¿verdad? —le oí decir a través de la puerta.

—Estás muy seguro de que volveré a acostarme contigo —contesté.

Cuando volví al dormitorio, la mirada que me echó Logan me hizo estremecer. Se me estaba comiendo con los ojos.

—Por supuesto que estoy seguro de que querrás más de… —Se destapó dejándome ver sus pectorales y sus abdominales—. Es-to.

Subió un par de veces sus cejas, exagerando una mueca sexy y yo estallé en carcajadas.

—Así que te hago gracia —Se puso en pie y se acercó a mí, fingiendo estar ofendido—. Verás cuando te pille.

—¡No! —grité corriendo al otro lado de la habitación.

—No huyas, ¡cobarde!

Solté un grito ahogado entre risas mientras conseguía escaparme de él solo por unos centímetros. Rodeé la cama, quedando cada uno a un lado.

—Soy más rápida que tú —le desafié.

—Eso ya lo veremos.

Logan rodeó la cama y yo salté sobre el colchón para escaparme. Para mí desgracia, resbalé con el edredón y caí de rodillas, cuando me di la vuelta para levantarme, Logan saltó sobre mí, atrapándome entre sus piernas. Entrelazó sus dedos con los míos y su mirada se oscureció.

—Te cacé.

—No es justo, he tropezado —Me mordí el labio.

Logan se inclinó lentamente sobre mí y me besó, pero no fue un beso como los que me había dado la noche anterior, éste era gentil, dulce y calmado.

Me soltó de golpe y se dejó caer a mi lado, apoyando la cabeza en su mano.

Divertida, imité su gesto, sin enterarme de que la camiseta se me había subido hasta la cintura y que mis caderas quedaban completamente expuestas. Cuando los ojos de Logan repasaron el contorno de mi cuerpo, me di cuenta al instante de que las había visto.

—Sage —Se inclinó un poco sobre mí—. ¿Qué son esas marcas?

Yo tiré de mi camiseta hacia abajo, pero la mano de Logan ya estaba acariciando mis cicatrices.

—Por favor, olvídalas —Me pasé las manos por la cara, agobiada—. No quería que las vieras.

Logan estaba tenso e incapaz de apartar la mano sobre mi piel marcada.

—Son marcas de… —Me miró con los ojos llenos de dolor—. ¿Son quemaduras de cigarrillo?

Sentí como la presión en el pecho volvía, haciéndome respirar con dificultad, mientras asentía. Antes de que la ansiedad se adueñara por completo de mí, Logan me rodeó con sus brazos dándome todo su apoyo en silencio, haciéndome ver que estaba en un lugar seguro, que él me protegería de lo que fuera.

Me hundí en su pecho y empecé a respirar lentamente, forzándome a calmarme.

—¿Estás bien?

—Sí, pero no me sueltes aún, ¿vale?

Sentí como el cuerpo de Logan reaccionaba con aquellas palabras.

—Puedo estar así todo el día si es necesario.

Noté como se movía y poco después nos arropaba a ambos con el edredón. La calidez de su piel, los latidos acompasados de su corazón y la seguridad que me brindaban sus brazos, me fueron relajando lentamente, hasta que me quedé dormida.

28

Logan

La respiración de Sage era calmada mientras dormía entre mis brazos, pero a pesar de ello no se había despagado de mí ni un solo centímetro. La miré, acurrucada entre el edredón y mi pecho y froté mi barbilla contra su pelo.

Aquellas marcas en su piel, me estaban atormentando. No comprendía quién había sido el malnacido que podía haberle hecho eso a la dulce Sage y no quería ni imaginarme qué otras cosas le habían podido pasar.

Instintivamente, la estreché un poco más contra mi cuerpo y ella soltó un leve gemido.

En parte, desde que la conocí supe que algo grave le había sucedido en el pasado, pero ni en mis más oscuras suposiciones entraba el maltrato físico.

Ella pareció darse cuenta de mi tensión y poco a poco empezó a despertarse, hasta que me miró con los ojos entreabiertos.

—¿Qué hora es? —musitó frotándose los ojos.

Levanté mi cabeza para mirar el despertador digital de su mesilla de noche.

—Las dos —Me incorporé de golpe arrastrándola conmigo—. Mierda, es tardísimo.

Salté de la cama y empecé a recoger toda mi ropa, que estaba esparcida por el suelo de la habitación.

Ella me miró sin comprender por qué tenía tanta prisa.

Cogí a Phoenix, que se había hecho una cuna improvisada con mis pantalones, y la dejé en el regazo de Sage.

—Tengo que irme —Me arrodillé frente a ellas para quedar a la misma altura—. Esta noche es Nochebuena y tengo que cenar en casa de mi madre.

—Ah, claro —Apretó un poco a la gata contra su pecho—. Pásalo bien.

Una mancha oscura de tristeza volvió opacos sus ojos durante un segundo.

—¿Quieres venir? —Sonreí—. Estarán mis primos con sus parejas y sus cientos de niños, mis tías y obviamente mi madre, suele ser divertido aunque ruidoso.

Ella me miró un segundó y negó con la cabeza.

—No, gracias —Sonrió sin humor—. Pásalo muy bien.

—¿Estás segura?

—Sí.

Solté un leve suspiro. Algo me decía que en el fondo quería venir conmigo. Pero decidí no insistir.

Me incliné sobre Phoenix y le di un beso entre las orejas.

—Cuida de tu nueva esclava.

Sage soltó una risilla y nos quedamos mirando un segundo. Dudé en si darle un beso de despedida sería demasiado para ella.

—Adiós, Logan —Apartó la mirada.

Entendí aquel gesto como una negativa a besarnos. Al fin y al cabo, nosotros no éramos nada serio… aún.

Me puse en pie sonriente y me encaminé hacia la puerta del dormitorio.

—Oye —Me giré para verla acariciando a Phoenix—. El día treinta me toca turno en el refugio para sacar a pasear a los perros. ¿Te gustaría venir?

—Claro —Sonrió con dulzura.

—Genial.

—Genial... —murmuró poniéndose un mechón de pelo detrás de la oreja.

Nos quedamos mirando durante algunos segundos, sin decir nada, pero expresándolo todo y entonces, dejando a un lado cualquier pensamiento que no fuera ella, me acerqué con pasos rápidos hasta la cama, apresé su cara entre las manos y la besé hasta que conseguí que soltara un sonido bastante erótico.

—Te veo en unos días.

Ella se limitó a asentir, mientras recobraba la respiración y entonces, satisfecho, me marché.

29

Sage

Acaricié la barriguita de Phoenix, que dormía despreocupada a mi lado, mientras apagaba el televisor, aburrida.

Me había pasado toda la tarde tragándome películas navideñas que trataban de chicas que se enamoraban del príncipe de la Navidad, familias que conseguían hacer realidad el deseo de sus hijos en el último momento como si fuera un milagro y un absurdo musical con duendes que cantaban villancicos.

Cogí mi móvil y empecé a revisar mis redes sociales, pasando entre las fotos de mis amigos y conocidos, todos ellos en fiestas familiares y algunos en cenas de gala en lujosos hoteles.

Miré a Phoenix, que se estiró.

—Quién querría llevar unos tacones incómodos pudiendo estar en pijama como nosotras, ¿verdad gatita?

Ella soltó un ronco maullido mientras empezaba a restregarse contra mi mano. Sonreí.

Justo en ese momento, mi móvil vibró, indicándome que tenía un nuevo mensaje.

Era de Logan.

Logan:

Mira qué me han hecho los hijos de mis primos.

Miré la imagen que él me había enviado y solté una carcajada. En ella, Logan estaba vestido con un jersey rojo y un montón de espumillón dorado rodeándole el cuello a modo de bufanda. Sobre su cabeza, había una diadema con cuernos de reno de fieltro marrón, llenos de cascabeles.

Sage:

Claramente es tortura.

Tortura animal XD

Logan:

¿Animal?

Sage:

Sí, animal.

¿Debo recordarte que cierto día te encontré en mi jardín roncando como un jabalí de doscientos kilos?

Logan:

Una imagen mía muy sexy, es cierto…

Sage:

¿Te lo estás pasando bien?

Logan:

Torturas a parte, sí.

Mi familia está un poco loca,

pero son buena gente.

Sage:

Me alegro.

Dale recuerdos a Mary Jo de mi parte.

Me quedé mirando la pantalla algunos minutos mientras el texto "Logan está escribiendo" aparecía y desaparecía. Como si él estuviera escribiendo y borrando el mensaje una y otra vez.

O igual, simplemente estaba hablando con alguien y estaba distraído.

Finalmente, el mensaje llegó.

Logan:

Ojalá estuvieras aquí.

Sentí como mi corazón daba un vuelco y una sensación hormigueante se adueñaba de la parte baja de mi estómago.

En esta ocasión, fui yo la que tardó varios minutos en contestarle.

Sage:
Podrías pasarte por mi casa
después de la cena.
Si quieres.

Dejé el móvil a un lado en el sofá. ¿Cómo había sido capaz de mandarle semejante proposición?

—Sage, estás jugando con fuego —me reñí.

El móvil vibró y yo lo miré de soslayo. Temerosa de la respuesta de él.

Finalmente, movida más por la curiosidad que por mis inseguridades, leí el mensaje.

Logan:
Ojalá pudiera, pero es tradición que
todos nos quedemos a dormir en casa de
mi madre para mañana, a primera hora, abrir
los regalos y comer juntos.
Somos muy empalagosos…

Sage:
Qué tradición más bonita.
Disfruta entonces.

Logan:
Oye…
En la cama de mi antigua habitación
hay espacio para una más.

Sage:

Estás a un mensaje de

preguntarme que llevo puesto…

Logan:

¿Qué llevas puesto?

¿Vas rollo comando?

Me acaloré y solté una carcajada que hizo que me ganara una mirada de asombro por parte de Phoenix.

Sage:

Buenas noches, Logan.

Logan:

Buenas noches, Sage.

Tiré el móvil sobre la mesilla de café, me arrellané con la manta y, mientras Phoenix se acomodaba sobre mis piernas, me dispuse a ver otra horrenda película navideña, sin que una estúpida sonrisa se borrara de mi cara.

30

Logan

Descargué un saco de pienso para perros de la parte trasera de mi pick-up, mientras Sage se bajaba del vehículo. Aquella mañana hacía bastante frío, pero el sol ayudaba a mitigar la sensación térmica. A pesar de ello, Sage estaba abrigadísima con una chaqueta de plumón gris oscuro con capucha y un gorrito de lana de color blanco por el que su corta melena se asomaba con las puntas en todas direcciones.

Esbocé una sonrisa de medio lado.

Cuanto más la veía, más me gustaba y a esas alturas ya sabía que Sage era más que mi productora o mi amiga. Y esa idea me gustaba bastante.

Nos adentramos en el edificio de ladrillo rojo para dejar el pienso en la habitación que usábamos como almacén. Sage me seguía de cerca con las manos en los bolsillos y en silencio.

No habíamos hablado mucho desde que la recogí en su casa, pero no se sentía un silencio incómodo entre nosotros. Más bien todo lo contrario.

—Toma —Me giré hacia ella—. Coge estas correas para los perros.

Ella miró las correas de diferentes colores que le ofrecía.

—¿No los vamos a llevar sueltos?

—No a todos —Empezamos a caminar hacia la salida—. Algunos aún se sienten almas libres y tienden a escaparse.

Ella se limitó a sonreír mientras me seguía directa a un enorme recinto del que ya empezaban a oírse ladridos emocionados.

Al pensar en Penny, mi corazón se encogió, pero intenté que no se me notara.

—¿Estás bien? —Los ojos de Sage estaban clavados en mí.

Al parecer, yo no era tan bueno disimulando como creía.

—Ya sabes… Penny.

Sin que pudiera verlo venir, Sage se puso de puntillas y me abrazó hundiendo su congelada cara en mi cuello. La rodeé con los brazos y disfruté de aquel repentino acto de cariño.

—¡Eh! Que aquí se viene a trabajar —La voz de Nadine era muy chillona—. ¡Buscaos un motel!

Fulminé a la chica con la mirada, mientras Sage se ponía rígida entre mis brazos y se apartaba con el ceño fruncido.

—Muy graciosa, Nadine.

Ella puso los ojos en blanco y, moviendo su cola de caballo con orgullo, se adentró en las oficinas.

Sage se la quedó mirando hasta que la perdió de vista.

—¿Qué le hiciste para que sea tan borde?

—Me ofende un poco que creas que es culpa mía —La miré con una mueca de lástima—. Aunque lo justo sería decir, qué no le hice… si sabes a qué me refiero.

Sage me fulminó con la mirada mientras entraba en el recinto de los perros.

—¿Ex amante?

—No, gracias —Cerré la puerta tras de mí—. Ex compañera del instituto. Estábamos en el mismo grupo de amigos.

Se nos acercaron un par de perros lanudos y Sage empezó a acariciarlos con ambas manos.

—¿Le partiste el corazón?

Me encogí de hombros.

—Fue la clásica historia de chica le gusta chico, chico no está por la labor.

Llamé a varios perros y, uno a uno, los fui atando con las correas que llevábamos.

—Si fue en el instituto, Nadine ya lo tendría que haber superado. Ha pasado mucho tiempo.

Le ofrecí a Sage tres correas con sus respectivos perros de tamaños pequeños y medianos y yo me quedé con tres de un tamaño mucho mayor.

—Es rencorosa.

—Claro…

Salimos del recinto y nos adentramos por un sendero que llevaba a un bosque colindante, mientras un par de perros, sueltos, corrían frente a nosotros.

—¿Qué pasa? ¿Estás celosilla? —Me incliné empujándola un poco con mis caderas—. Porque yo solo tengo ojos para ti… *productora*.

Ella soltó un bufido y sin dejar de mirar al frente fingió ignorarme, pero vi claramente como en su boca había una sonrisa contenida.

Solté un suspiro que parecía una risa ahogada y empezamos a caminar en silencio disfrutando de la tranquilidad y el paisaje. De vez en cuando, se oía algún pájaro o el ladrido de alguno de los perros jugando con un palo o entre ellos.

Para cuando llevábamos casi una hora caminando, localicé un claro en el que solía detenerme a descansar.

—¿Paramos un rato?

—Vale.

Me apoyé contra el tronco de un árbol y me senté sobre un montón de hojas secas. Los perros que llevaba atados se arremolinaron a mi alrededor, buscando un sitio donde tumbarse.

Sage dudó un segundo, pero terminó sentándose a mi lado y cuando quedó a la altura de los perros uno de ellos se lanzó a su cara, dispuesto a comérsela a besos.

Ella empezó a reír y yo tiré de la correa para quitárselo de encima.

—¿Quieres un poco de agua? —Saqué una botella de mi mochila.

—No, estoy bien. Gracias.

Sage empezó a juguetear con las correas de los perros que sostenía, como si estuviera nerviosa.

—¿Cómo va la preparación del lanzamiento del disco?

—Bien —Sonreí—. Elsa ha fijado la fecha para el catorce de febrero.

—¿Para San Valentín?

—Sip —Tiré un palo a uno de los perros que estaba suelto—. Dice que es romántico.

Ella se quedó pensativa un momento, como si repasara mentalmente la letra de las canciones que se sabía de memoria.

—No todas las canciones son de amor.

—Eso le dije yo, pero la pobre creo que está un poco más sensiblera de lo normal por las hormonas.

—¿Las hormonas? —Me miró frunciendo el entrecejo.

Me mordí los labios, dándome cuenta de que había metido la pata.

—Se supone que aún es secreto, pero…

—¿Pero…?

—Elsa está embarazada —Junté las palmas de las manos—. Por favor, cuando te lo cuente, finge que no lo sabías o soy músico muerto.

Sage se quedó pensativa, con la mirada perdida en el vacío. Como si la noticia le afectara por alguna extraña razón.

—¿Oye?

—Sí, sí —Me miró con una falsa sonrisa—. Tu secreto está a salvo conmigo.

Le acaricié la mejilla con suavidad y ella bajó la mirada al suelo, nerviosa. ¿Molesta, tal vez?

—¿Estás bien?

—Perfectamente.

Sage se levantó de golpe, tan rápido que por un momento perdió el equilibrio y se apoyó en el tronco del árbol donde yo estaba.

—¡Mierda! —Se miró la mano—. Me he clavado una astilla.

Me incorporé y cogí su mano entre las mías, examinándola de cerca.

—Es muy pequeña para poderla sacar con las uñas.

—No pasa nada, es solo una astilla, no moriré —Me miró con autosuficiencia.

—Claro que no, pero es molesto si no la quitas.

Ella apartó la mano.

—Cuando llegue a casa, me la sacaré con unas pinzas. Tranquilo.

Sin decir nada más, empezó a caminar por el camino de vuelta al refugio y los perros que estaban sueltos empezaron a seguirla.

Para cuando devolvimos los perros a su recinto, la había visto frotarse las manos con hidrogel e intentar quitar la astilla con sus uñas unas veinte veces. No estaba seguro si era porque le molestaba, le dolía o estaba nerviosa y de esa manera calmaba su ansiedad.

En el aparcamiento, solo quedaba mi pick-up, cosa que indicaba que solo estábamos allí nosotros.

Me alegré de no tener que volver a interactuar con Nadine.

Subimos al coche y vi a Sage, después de atarse el cinturón, examinando la palma de su mano.

—Déjame ver —murmuré.

—¿Qué?

—Tu mano, Sage —Extendí mi mano—. Déjame verla.

Resignada, posó su mano sobre la mía. La astilla de un color marrón oscuro casi no se veía a causa de la leve inflamación y del enrojecimiento de su piel.

—Te la has tocado tanto que lo has empeorado.

—Pensaba que podría sacarla sola.

Chasqueé la lengua.

—No llevarás por casualidad un kit de costura en tu bolso.

—¿Pretendes coserme un botón?

—Pretendo sacarte la astilla con una ajuga —Entrecerré los ojos.

Ella se removió incómoda, pero no apartó la mano.

—Lo único parecido a una aguja que llevo es este pin —Me mostró el adorno que llevaba en su bolso.

Sonreí al ver el pin en forma de cabecita de gato negro.

—¿Es por Phoenix?

—Claro —sonrió.

Lo soltó del bolso y me ofreció solo la parte punzante.

—¿Servirá?

Observé la pequeña aguja metálica y asentí.

—Déjame el hidrogel, primero he de desinfectarlo para no empeorar todo el asunto.

Sage me ofreció la botellita y observó con paciencia como yo echaba unas gotas en la aguja improvisada. Después, eché un poco en su mano y froté con cuidado con el dedo. Muy despacio.

—¿Lista?

—Aha.

Con mucho cuidado, metí la punta del pin en la herida y presioné para arrastrar el pequeño trozo de madera. Ella me miraba sin hacer ningún tipo de expresión.

No supe si estaba fingiendo o de verdad era extremadamente tolerante al dolor y aquello era como un paseo por el parque para ella. Las cicatrices de su piel acudieron a mi mente y me dieron la respuesta. Me sentí mal al instante.

—Casi la tengo.

—Tranquilo, no me duele.

La miré entre los mechones de cabello que me caían por la frente y ella sonrió dándome ánimos.

Con un movimiento cuidadoso, conseguí deslizar la astilla fuera de su piel.

—Conseguido —Le enseñé el trocito de madera en la yema de mi dedo.

—Qué pequeña era.

Le puse un poco más de hidrogel a la herida que le había hecho y ella me miró.

—¿Escuece?

—Es soportable —murmuró.

Sin dejar de mirarla, soplé levemente sobre su piel con intención de aliviar el escozor, secando con mi aliento los restos del hidrogel que poco a poco se iban, a partes iguales, evaporando y absorbiendo por su piel.

Ella se humedeció los labios con la punta de la lengua y tragó un poco de saliva. Me incliné sobre su mano y le di un leve beso. Podía sentir como el deseo inundaba todo su cuerpo exactamente igual que lo estaba haciendo en el mío.

Planté otro beso, está vez en el interior de su muñeca y ella empezó a respirar de una manera un poco entrecortada. Cuando las yemas de sus dedos se deslizaron por mi mejilla, la miré expresándole mis intenciones.

—¿Quieres ir a mi casa? —mi voz sonó ronca.

Ella se limitó a asentir.

Veinte minutos más tarde, entrábamos en mi casa un poco más serenos. El trayecto en coche había enfriado un poco nuestras libidos, pero no del todo.

Ella sonrió.

—No se por qué te imaginaba viviendo en un enorme loft de estilo industrial.

Arrugué la nariz.

—En cuanto a viviendas soy un poco más clásico —La miré entrecerrando los ojos—. En eso nos parecemos mucho.

Ella asintió. La verdad es que su casa y la mía se parecían bastante en cuanto a estilo arquitectónico y tamaño. Aunque la mía tenía una pequeña piscina en el jardín y era de dos plantas.

—¿Puedo ir al baño a refrescarme un poco?

—Segunda puerta a la derecha, junto a la escalera —comenté colgando mi abrigo y el suyo en el perchero de la entrada.

Ella se perdió por el pasillo y yo me encaminé hacia el salón.

Encendí la chimenea de gas y corrí las cortinas para que no entrara tanta luz y el ambiente fuera un poco más íntimo.

Sage tardó bastante en aparecer, así que para matar un poco el tiempo yo me había sentado en el piano que tenía en un extremo del salón y había empezado a tocar.

—Ésa es una canción nueva —susurró en mi espalda.

La miré por encima de mi hombro e hice una mueca. ¿Tenía los ojos enrojecidos como si hubiera llorado?

Cuando vi su sonrisa, señal de que se estaba esforzando para olvidar aquello que la atormentaba, decidí ayudarla a entretener su mente.

—Aún no está terminada, la letra está a medias, pero si quieres puedo tocar lo que tengo hasta ahora.

Ella asintió, se apoyó en el piano y fijó en mí sus enormes ojos verdes, esperando a que empezara a tocar.

Mis dedos se deslizaron hábiles por las teclas del piano, arrancándole una suave balada. Incapaz de cantar la letra, me limité a tararear la parte vocal.

Cuando terminé, los ojos de ella estaban brillantes.

—Es muy bonita —susurró con la voz un poco afónica.

Me la quedé mirando y le alargué una mano para que se sentara junto a mí en la banqueta del piano. Ella me hizo caso sin poner resistencia alguna.

Nuestros rostros estaban muy cerca y dejé que mis dedos tomaran el control, paseándose por el borde de sus carnosos labios, que tras la caricia se abrieron un poco.

Me acerqué y la besé lentamente, sintiendo su cálido aliento y la suavidad de sus labios. Cuando introduje mi lengua en su boca entreabierta, la oí gemir y perdí mi poco autocontrol. A Sage pareció pasarle lo mismo, porque tras un jadeo rodeó mi cuello con sus manos y me atrajo hasta ella, exigente. Autoritaria.

Me encantaba que fuera tan directa.

Sus dedos se enredaron en mi pelo y sentí como su pequeño cuerpo se pegaba al mío, aplastando sus pechos contra mis pectorales.

Solté un leve gruñido que pareció encenderla aún más, porque me mordió el labio estirando de él con lentitud.

Ansioso, metí mis manos por debajo de su jersey ajustado, con la urgente necesidad de sentir su piel contra la mía. Ella imitó mis movimientos mientras jadeaba contra mi cuello y, para complacerla, me deshice de mi sudadera y la camiseta a la vez.

Sage se quedó quieta, mirándome el pecho, el cuello, los hombros. Tomándose todo el tiempo del mundo para apreciar cada una de mis formas como si las estuviera memorizando. Acariciándome con las puntas de sus dedos.

Sentí envidia, yo también quería ser capaz de memorizar cada una de las suaves curvas de ella. Cuando tiré un poco de su jersey hacia arriba, frené en seco.

—¿Quieres ir al dormitorio y estar con menos luz?

Ella sonrió mientras pestañeaba con lentitud, diciéndome con sus gestos que confiaba en mí, que no le importaba dejarse ver con todas sus heridas.

La ayudé a quitarse el jersey, que despeinó su negro pelo y empecé a besarle el cuello, bajando por los hombros, para luego entretenerme en la parte de sus pechos que dejaba a la vista su sujetador sencillo de color negro.

Cogiéndola de la cintura, la ayudé a ponerse de pie, frente a mí, entre mis piernas y con movimientos lentos, pero precisos, le bajé los pantalones, dejándola solo en ropa interior.

Descubrí con horror que no solo tenía cicatrices de quemaduras en las caderas, sino que también tenía un par en su bajo vientre.

Se me partió el alma y empecé a besar cada una de las marcas, como si con mis besos pudiera borrarlas, absorber el dolor que le debieron causar.

Sentí como ella se estremecía entre mis brazos y no supe si era por el placer de mis caricias o por el significado de ellas.

Deslicé mis manos por sus caderas, colando mis dedos bajo la cinturilla de sus bragas y se las bajé.

Cuando poniéndome de pie, la cogí de la cintura y la senté en el piano, soltó un jadeo ahogado y me miró sin saber qué me proponía.

Arrastré la banqueta para acercarme aún más a ella y me senté, quedando a la altura perfecta para mi propósito. Deslicé mis brazos por debajo de sus muslos, agarrando parte de su culo con las manos, y me colé entre sus piernas, buscando su punto mas sensible con mi boca, con mi lengua.

Ella se movió un poco más hacia el borde del piano y yo empecé a jugar, saboreándola, excitándome con cada uno de sus gemidos, de sus convulsiones.

Sage se rindió a mí, estirándose por completo sobre el piano, dejándome hacer y yo sentí que en cualquier momento mi bragueta reventaría.

Cuando mis codos se apoyaron sin querer en las teclas, emitiendo un sonido discordante, ella soltó un ruido a caballo entre risa y grito de excitación.

Levanté la mirada sin parar la íntima caricia y ella me la devolvió, con las mejillas sonrojadas y con la boca entreabierta.

—Logan —gimió—. Lo… gan…

Arqueó la espalda en el momento en el que introducía primero un dedo y después otro en su interior, sacándolos con lentitud, pero sin parar de moverlos.

Cuando la sentí estremecerse y soltar un jadeo prolongado, le di un par de besos en el interior de los muslos y me puse en pie. La ayudé a bajar del piano, cogiéndola de la cintura y ella aprovechó para besarme con fiereza.

Cuando sus pies tocaron el suelo me miró un segundo, con los ojos brillantes y, dándome la espalda, se apoyó con los codos en el piano.

No me faltó mucho más para saber qué quería.

Saqué rápidamente un condón que tenía en mi cartera, que por suerte llevaba en el bolsillo trasero de mi pantalón y me lo puse, sin preocuparme de quitarme los pantalones. No quería perder el tiempo teniendo a Sage en aquella posición tan sugerente, en medio de mi salón, sobre mi piano.

Uf, aquel piano ya no volvería a ser el mismo después de aquello.

Coloqué mis manos a ambos lados de sus caderas y me introduje en ella lentamente, sintiendo como se contraía a mi alrededor, presionándome, reclamándome.

Cuando en el último momento la embestí de golpe ella arqueó la espalda y gimió.

Mientras me movía entrando y saliendo de ella, deslicé mis manos por su vientre, subiendo despacio hasta colarme por debajo de su sujetador, para tomarme mi tiempo jugando con sus duros pezones.

Ella reaccionó moviéndose más rápidamente, pidiéndome que dejara de ser tan educado.

Me mordí el labio acallando mis propios jadeos mientras mis movimientos se volvían mucho más duros, más salvajes.

Los jadeos de Sage me decían qué era lo que ella quería.

Cuando noté que estaba llegando a mi límite, deslicé una de mis manos entre sus piernas y empecé a acariciarla con un par de dedos con movimientos circulares que la excitaron tanto que sentí que su interior aún se contraía más a mi alrededor.

De pronto, ella empezó a convulsionarse, elevando levemente las caderas hacia mí y yo sentí que estallaba en mil pedazos.

31

Sage

Me acurruqué en el pecho de Logan, que empezó a acariciarme la espalda con suavidad mientras miraba la serie que había puesto en la televisión.

Yo estaba tan dispersa, que no sabía ni de qué se trataba.

Después de descontrolarme completamente sobre su piano, Logan me había llevado al sofá, donde estábamos ahora, y me había vuelto a hacer el amor, haciendo que yo perdiera la noción de la realidad por completo. Él tenía ese efecto en mí, me hacía olvidarlo todo mientras estaba entre sus brazos.

Solté un suspiro y él me miró.

—¿Estás bien?

Hice un leve sonido de afirmación arrellanándome en su sudadera, que me había puesto como si fuera mía. Me gustaba porque era tan grande, calentita y olía a él que me hacía sentirme segura. A él no pareció importarle y se quedó vestido únicamente con una camiseta y sus vaqueros.

—¿Tienes hambre? —murmuró contra mi pelo.

—Un poco.

—Espera aquí, prepararé algo para comer.

Me dio un suave beso en la coronilla y se levantó dejándome sola en el enorme sofá.

Durante algunos minutos, seguí mirando hacia la televisión, pero sin ver realmente lo que pasaba en ella. Así que, resignada, decidí ir a la cocina para ayudar a Logan.

Cuando pasé junto al piano, me di cuenta de que, con nuestro encuentro amoroso, habíamos tirado al suelo varias partituras. Me agaché para recogerlas y una hoja de libreta, manuscrita con varios párrafos, llamo mi atención.

Era la letra de una canción llamada *Yellow*.

La leí curiosa, más como una productora musical que como una chismosa y mi pulso se empezó a acelerar con cada nuevo verso.

La canción no solo llevaba el título de mi color preferido, la canción estaba claramente dedicada a mí y no era ni mas ni menos que una declaración de amor en toda regla.

Hablaba de mis rasgos físicos, de mis cualidades y, lo peor, hablaba abiertamente de lo que Logan sentía por mí.

Dejé la letra de la canción sobre el piano con la mano temblorosa justo en el momento en el que él entraba en el salón con dos platos con bocadillos.

—Mierda —musitó cuando me vio junto a la letra de la canción—. Se suponía que no podías verla aún.

—¿Qué significa esto? —mi voz se rompió ligeramente.

Mis piernas temblaban y en mi pecho sentía una presión creciente.

—Sage, por favor —Dejó los platos sobre el piano y levantó las manos—. Deja que me explique.

Di un paso hacia atrás.

—Por favor, dime que simplemente es una casualidad, que solo te basaste en mí para escribir eso pero que no… no me…

Él negó con la cabeza. Abatido.

—No voy a decir que no te quiero —Me miró con intensidad—. No te voy a mentir sobre mis sentimientos.

Jadeé un par de veces empezando a hiperventilar.

Aquello no podía estar pasando. Logan y yo solo teníamos sexo sin compromiso, no buscábamos nada, no éramos nada.

—Yo no puedo...

Él se acercó hacia mí e intentó tocarme, pero yo me aparté.

—Sage, no sé qué fue lo que te pasó pero yo solo quiero ayudarte a superarlo —Su expresión era de pura frustración—. Por favor.

—Yo no te he pedido ayuda.

—Lo sé, pero quiero ayudarte.

—¡No! —grité—. No puedes ayudar a quien no quiere ser ayudado, Logan. ¡Simplemente, no puedes!

Sentí como mis ojos empezaban a escocerme y mis piernas flaqueaban levemente.

—Está bien —susurró tranquilo—. Pero no voy a negar lo que siento por ti.

Le miré horrorizada.

—No lo niegues, pero yo no lo acepto.

Me encaminé con pasos rápidos hacia la puerta de la salida, sin importarme ir descalza y llevar solo la sudadera.

—Sage —Logan me frenó cogiéndome del brazo—. Te estás engañando a ti misma negando lo que sientes por mí.

—No siento nada por ti —le espeté con furia—. ¡Suéltame!

—¡No! No voy a dejar que huyas. ¡De mí, no!

Mis lágrimas empezaron a caer silenciosas por mis mejillas.

—¡No eres nadie para impedírmelo! —rugí con furia.

Logan me interceptó impidiendo que pudiera coger mi abrigo y mi bolso.

—Soy el hombre que está dispuesto a luchar contigo contra tus demonios —Se señaló el tatuaje de su brazo—. Sage, no huyas, por favor.

Negué con la cabeza.

—No... —gemí.

—Sage —Me abrazó con lentitud—. Te quiero.

La ansiedad de mi interior me dominó partiéndome en dos, reduciéndome a cenizas. Solté un ahogado sollozo y empecé a llorar mientras empujaba a Logan, apartándolo de mí.

—Yo no puedo corresponderte —dije entre lágrimas—. No puedo...

—Cariño... —Logan se esforzaba por secar mis lágrimas, pero era imposible—. Claro que puedes.

Le miré intentando enfocarle, pero solo vi un borrón de colores.

—No puedo porque... —me atraganté.

Mis piernas flaquearon, estaba perdiendo mis fuerzas, mi valentía, la imagen que me había construido alrededor del ser frágil, débil y triste que había sido siete años atrás.

Logan me abrazó, mientras yo me sentaba en el suelo sin ser plenamente consiente de lo que estaba pasando. Dominada por la tristeza y mi mala suerte.

—Sage, mi amor —me susurró contra mi frente—. ¿Por qué dices que no puedes?

Mi pecho se convulsionó entre sollozos y me aferré con los puños a la camiseta de Logan. Ya no podía seguir huyendo, ya no quería luchar sola, a pesar de que sabía que con mi confesión Logan se alejaría de mí, estaba harta de seguir escondiendo mi pasado.

—Yo... no puedo quererte —las palabras se me atragantaban—. Porque estoy... casada.

Sentí como el cuerpo de Logan se quedaba quieto y rígido, y me quedé sin respirar esperando el momento en el que me apartara, me repudiara como todos en mi pasado y me echara de su vida.

—Tú... —respiró lentamente como si estuviera controlando sus sentimientos—. ¿Tú quieres a tu marido?

Me agité entre sus brazos, jadeando, luchando por respirar. El aire me quemaba.

—No —moví mi cabeza sobre su pecho.

Logan me rodeó más fuerte con sus brazos, mientras me mecía con delicadeza. Empezó a susurrar algo contra mi pelo, pero yo lloraba tanto que no entendía ni una sola de las palabras que decía, a excepción de una sola frase:

No estás sola.

32

Logan

A regañadientes, había dejado a Sage en su casa apenas hacía un par de horas. Habíamos pasado la noche anterior juntos, en mi cama, prácticamente sin hablar.

La reciente confesión sobre su estado conyugal me había dejado en shock, pero me limité a abrazarla, a secar sus lágrimas en silencio, esperando que poco a poco se calmara.

Mi corazón se encogió.

Odiaba haberla dejado sola en casa, pero cuando le dije que me quedaría con ella insistió en que necesitaba tiempo para pensar en todo lo que había pasado y que, además, como aquella noche era fin de año, yo debía estar con mi familia. Literalmente, me pidió un descanso de lo nuestro. Y yo no quería un puto descanso.

Yo la quería a ella.

Porque sí, ahora estaba seguro, a pesar de que no creía en ello, sabía que me había enamorado de Sage desde el primer momento en el que la vi, desde su primera puya, desde nuestra primera pelea...

Solté un suspiro jugueteando con el botellín de cerveza que tenía entre las manos y me apoyé en la barandilla del porche de casa de mi madre.

Hacía mucho frío, pero me había escapado de la multitud de mi familia para intentar aclarar mis ideas.

El chirrido de la puerta me indicó que tenía compañía, pero yo me negué a girarme.

—Ey, ¿qué haces aquí tan taciturno, primo?

Miré a Carl, que se apoyó de espaldas a la barandilla y me dedicó una sonrisa con un punto de preocupación.

Me limité a levantar la cerveza con la mirada perdida en las decoraciones navideñas de las casas colindantes.

—¿Bebiendo para olvidar? —se burló él—. ¿Qué pasa, una chica te ha roto el corazón por fin?

—Algo así —Le miré amargamente.

—No me digas que tú…

Me encogí de hombros.

—Es complicado.

Carl se acercó un poco más a mí, inclinando la cabeza para buscar mi mirada.

—¿Por qué es complicado?

Cogí aire lentamente, sintiendo como mis pulmones se expandían, como si así tuviera fuerzas para decir en voz alta lo que me atormentaba.

—Está casada —sentencié.

—¡No me jodas! —bufó pasándose la mano por la cara—. Tío no puedes meterte en un lío con una mujer casada, solo te traerá problemas y no sé si te has dado cuenta, pero si todo va bien, tu vida está a punto de cambiar radicalmente. Vas a ser una estrella.

Bebí un trago del botellín y, estirándome hacia atrás, hundí mi cabeza entre los brazos.

—Ella no le quiere.

—Ésa es la excusa más vieja del mundo —bufó—. No le quiero, voy a dejarle por ti… Logan, eres *el otro*. Si tiene que decidir entre el hombre con quien se casó y tú, ¿quién crees que ganará?

—Con ella es diferente.

Carl me palmeó la espalda, intentando reconfortarme, cuando en realidad lo estaba empeorando todo.

—Espero que no haya críos de por medio.

—No —Tragué saliva—. Que yo sepa…

En mi pecho, se instauró una desagradable sensación.

—Parece que sabes bien poco de esa mujer —Entrecerró los ojos—. Mira, sé que me estoy metiendo donde no me llaman, pero creo que es mejor que la olvides y sigas tu camino.

Una sonrisa amarga, cargada de ironía se dibujo en mis labios.

—Más vale que no tardes en entrar. Tu madre está a punto de servir la cena.

—Vale…

Carl me apretó el hombro con su mano y me dejó de nuevo solo.

Mis dedos nerviosos tamborileaban sobre el cristal del botellín de cerveza y mi mente era un hervidero de ideas, miedos e incertidumbre.

Realmente, ¿qué sabía yo de Sage?

¿Merecía la pena complicarme aún más la vida?

Me pasé la mano por el pelo, despeinándolo en todas direcciones, y solté un gruñido que fue engullido por el frío de la noche.

33

Sage

Desde el día anterior, me sentía como en piloto automático, como si fuera un autómata. No sentía el frío del invierno, el sabor de la comida, ni tan solo sentía el amor de Phoenix, que estaba enroscada sobre mis piernas y ronroneaba.

Era como si al romperme frente a Logan todo hubiera perdido su color.

Habían vuelto a mí todas las sensaciones que me atormentaron siete años atrás y un desasosiego me corría por las venas.

A pesar de que no me había desagradado en absoluto enterarme de los sentimientos de Logan respecto a mí, yo le había apartado de mi lado y no estaba segura de si lo estaba haciendo para protegerle a él de todos mis problemas, o para protegerme a mí misma, ya que era la primera vez que me había mostrado tan vulnerable frente a alguien.

Sentí como las lágrimas se acumulaban en mis ojos y miré la pantalla de mi móvil. Era casi media noche, y en el fondo de mi corazón esperaba que él al menos me mandara un mensaje para felicitarme el año nuevo.

Pero no había nada.

—Es mejor así —Acaricié a Phoenix—. Tú y yo pasaremos un par de días en casa, me recuperaré como hago siempre y volveremos al trabajo como si nada de todo esto hubiera pasado.

La gata me miró y me pareció ver que en su mirada había incredulidad.

—No me juzgues —Le palmeé la cabeza y saltó de mi regazo—. Si no le prestamos atención al problema, no existe… ¿verdad?

Phoenix me ignoró deliberadamente y se encaminó a la cocina con un aire prepotente.

Dejé descansar mi cabeza sobre el respaldo del sofá y cerré los ojos mientras en el programa de televisión que tenía de fondo anunciaban que en apenas tres minutos empezaría la cuenta atrás para el nuevo año.

—Menuda mierda de Navidad —bufé—. Sin duda, la peor.

Justo cuando me disponía a apagar el televisor, ya que no estaba dispuesta a ver como todo el mundo estaba feliz celebrando el año nuevo, el timbre de mi puerta empezó a sonar con insistencia, intercalado con golpes y una voz masculina que gritaba mi nombre.

34
Logan

Volví a golpear la puerta de Sage con fuerza, hasta que mis nudillos se quedaron rojos, pero no hubo respuesta.

Hacía dos días que no sabía absolutamente nada de ella y me sentía un total imbécil por no haber ido a verla antes. En realidad, nunca debí haber permitido que se quedara sola, no me tenía que haber separado de ella, porque le había prometido que conmigo estaría segura y ¿qué hacía yo? Aceptar su ridícula petición de distanciarnos y largarme a celebrar el fin año con mi familia.

—Eres gilipollas, Logan —me dije a mí mismo con furia.

Nervioso, rodeé la casa hasta la puerta trasera mientras, por enésima vez, volvía a llamar al móvil de Sage.

No me contestó.

Para cuando pegué la cara en la ventana que daba a su cocina, intentando ver a través de la cortina, mi pulso ya martilleaba en mis oídos de una manera frenética.

—¡¿Sage?! —grité contra el cristal.

De pronto, la cortina se movió ligeramente y mi corazón dio un vuelco al ver una mirada verde que me escrutaba.

Era Phoenix.

La gata se movió a un lado y otro de la ventana, paseándose por la encimera de la cocina, reconociéndome y pidiéndome mimos a través del cristal.

Aproveché uno de esos movimientos, en los que la cortina se movía con Phoenix, para mirar al interior de la cocina. Todo parecía en orden, como si en cualquier momento Sage fuera a aparecer lista para preparar el desayuno.

Todo, excepto los tres cuencos que había en el suelo, llenos a rebosar de pienso y agua, señal inequívoca de que Sage se había marchado y no esperaba volver en algunos días.

Miré mi móvil pensando en si la volvía a llamar de nuevo, pero lo descarté al instante. Si ella había decidido desaparecer unos días porque era lo que necesitaba yo debía respetarlo.

Al fin y al cabo, nosotros no éramos nada.

Aquella idea se sintió como un puñal clavándose en mi corazón.

Justo cuando salí por la valla de madera que delimitaba su jardín trasero, un Mercedes de un rojo vibrante, aparcado en el otro lado de la calle, llamó mi atención. El conductor gesticulaba con las manos como si estuviera manteniendo una fuerte pelea con alguien.

Una milésima de segundo antes de que decidiera que aquello no era asunto mío, ya que no me gustaba ser chismoso, una melena morena emergió de la puerta del copiloto y vi a Sage que, cerrando la puerta de un fuerte golpe, le gritaba algo al conductor. Éste salió igual de enfadado que ella y ambos se encontraron en el morro del coche sin dejar de gritarse el uno al otro. El tipo era un poco más bajo que yo, pero rondaba mi edad. Llevaba el cabello rubio peinado hacia atrás y vestía un traje de color oscuro.

Desde donde yo estaba, no podía oír más que algunos fragmentos de palabras, pero no cabía duda de que era una fuerte discusión.

Cuando ella dio un par de pasos alejándose del coche y él, cogiéndola del brazo con fuerza impidió su marcha, di un paso en su dirección dispuesto a partirle las piernas a aquel tipo si se atrevía a hacerle daño, pero Sage se zafó de su agarre y le empujó. Él apenas se movió del sitio.

Sonreí ante la autosuficiencia de ella y me quedé quieto, recordando que Sage no era una princesita que necesitara ser salvada.

El tipo rubio dejó caer los brazos a ambos lados de su cuerpo, como si estuviera abatido, señaló el coche y empezó a gesticular, mucho más calmado, llevándose la mano al pecho. No tenía ni idea de qué era lo que le estaba diciendo, pero el rostro de Sage pasó del enfado a algo un poco más neutro y, cuando él dio un paso en su dirección, ella saltó a sus brazos y hundió su cabeza en su cuello.

Mi corazón se saltó un latido, pero me forcé a calmarme. No sabía quién era aquel hombre, aunque una pequeñísima voz en mi interior gritaba desesperada lo que yo no quería oír.

Cuando, un minuto después, ella y el rubio se acercaron a la puerta trasera, mi sangre se heló en las venas. El tipo abrió despacio y Sage se inclinó para besar a una niña de cabello rubio, que no tendría más de cinco años.

Las palabras de Carl acudieron a mi mente y literalmente pude oír el crujido de mi corazón al romperse en mil pedazos.

Tras volver a besar a la niña, Sage se abrazó al tipo rubio, besándole en la mejilla. Se quedó de pie unos minutos, mientras ellos se metían de nuevo en el coche y se alejaban calle arriba, para después darse la vuelta mientras se limpiaba una lágrima de su rostro.

Yo no comprendía cómo no había salido corriendo ya de allí, pero mis pies parecían estar solidificados junto con el cemento de la acera y mi mano se aferraba con tanta fuerza a la portezuela de la valla de madera, que no entendía como no se había hecho astillas.

Sage no solo estaba casada, parecía ser muy cariñosa con su marido y, obviamente, tenía una hija.

Cuando ella se acercó más y me vio, sus ojos parecieron perder el brillo y entonces supe que yo era el imbécil más grande sobre la faz de la tierra por haberme dejado engañar por ella.

Yo no era un rompe hogares ni tampoco estaba dispuesto a ser el amante secreto de nadie, por mucho que ese alguien fuese ella.

35
Sage

Dos días antes.

La voz que se filtraba a través de la puerta de mi casa hizo que mi corazón diera un vuelco. Sabía perfectamente de quién se trataba. Alguien a quien no veía desde hacía siete años.

Acerqué mi mano temblorosa a la maneta de la puerta y abrí conteniendo la respiración. Sabía que en el preciso momento en que abriera esa puerta, sería como abrir la puerta al pasado.

Los enormes ojos verdes se clavaron en los míos y temblé, sintiendo como los nervios se extendían por todo mi cuerpo.

—Jasper, ¿cómo me has encontrado? —murmuré.

—Hola, Sage.

Ambos nos quedamos mirando unos segundos, analizando nuestros rostros, nuestro aspecto que había cambiado en tanto tiempo.

Él seguía prácticamente igual que como lo recordaba, solo que unas suaves arruguitas se empezaban a formar en las esquinas de sus ojos. Llevaba el cabello rubio peinado hacia atrás y vestía un elegante traje de color azul marino.

—¿Puedo pasar? —Miró al interior de mi casa.

Sin decirle nada, me hice a un lado y él entró con pasos decididos.

Podía sentir la tensión en el ambiente, mis músculos rígidos y mi corazón acelerado. Me pregunté si él estaría igual de nervioso que yo, pero Jasper era abogado y, como tal, un maestro poniendo cara de póker.

Justo en el momento en el que él se acercó al sofá, Phoenix se lo quedó mirando y le soltó un bufido, antes de salir corriendo a la seguridad de mi dormitorio.

Chica lista.

—Tienes un gato —comentó despreocupado.

—¿Cómo me has encontrado? —repetí de nuevo la pregunta que había quedado sin contestar.

Jasper movió un sobre marrón que llevaba en la mano y me lo tendió. Lo cogí con una mano intentando que no me temblara el pulso y revisé el contenido. Saqué uno a uno los documentos que había dentro y los revisé.

Junto a un informe detallado de todas mis actividades diarias, había varias fotografías de mí haciendo cosas cotidianas como ir a comprar, ir al estudio y hasta una, hecha con teleobjetivo, del día que fui a pasear los perros con Logan.

—¿Me has puesto un puto detective?

Él se encogió de hombros.

—Fue la única manera que se me ocurrió para encontrarte —Dio un paso hacia mí y yo retrocedí—. Cuando encontré por casualidad en las redes una foto tuya en un photocall en una gala musical o algo parecido, me di cuenta de la gran mentira que había vivido estos últimos siete años y decidí que te encontraría para arreglar las cosas entre nosotros.

—No hay nada que arreglar, me echaste de tu perfecta vida —bufé—. ¿Ya no te acuerdas, Jasper? Te pedí ayuda, consejo, soporte y tú me ignoraste.

—Sagie…

—No me vengas con Sagie —Di un paso hacia él—. ¿Qué pasa? ¿El puto espíritu navideño y ver que yo no soy una drogadicta te ha hecho querer volver a reunir a nuestra familia?

Él negó con la cabeza y mi enfado se disparó—. ¿Te crees que no sé que ahora me quieres de vuelta porque tengo una vida normal, una de la que ni tu ni nadie se avergüenza? —Apreté los puños con fuerza mientras sentía mis lágrimas caer—. ¿Dónde estabas cuando casi me matan de una paliza? ¿Cuando ingresé en el hospital y lo perdí… todo? ¡Joder, Jasper, se suponía que yo podía confiar en ti, que me cuidarías, y me abandonaste porque no era una chica modelo!

—Yo… —Bajó la cabeza.

—¡¿Tú, qué?!

—No hay ni un solo día en el que no me arrepienta de haber actuado como un cobarde, Sage —Soltó un suspiro, apesadumbrado—. Cuando te marchaste, apenas tuvimos noticias tuyas a excepción de que habías terminado en el hospital después de una paliza bastante grave. Intenté ir a verte, pero él no me dejó.

—Con él te refieres a papá o a Noah —solté enfadada—. O ambos.

—Noah —sentenció—. Papá y mamá estaban devastados.

Solté una carcajada irónica.

—Sí, claro, estabais tan preocupados que no pudisteis plantarle cara a Noah para venir a verme, consolarme o, ya de paso, pensar en que llevaba una semana viviendo en una maldita furgoneta sin dinero, sin comida y muerta de miedo.

Jasper no se atrevía a mirarme a los ojos y mi enfado me estaba haciendo temblar por completo todo el cuerpo.

—Por favor, Sage, quiero arreglarlo.

—Pues yo no quiero arreglar nada —Abrí la puerta—. ¡Lárgate!

Él se encaminó hacia la salida y, cuando pasó a mi lado, me miró con los ojos vidriosos.

—Todos cometimos errores, Sagie, pero nunca es tarde para arreglar las cosas —Tragó saliva—. Sabes que nunca he dejado de quererte.

Mi corazón se encogió.

—Tienes una manera muy particular de demostrarlo.

Él apartó la mirada claramente avergonzado y yo sentí una pequeña brizna de culpabilidad.

—Sé que ha sido repentino venir justo esta noche a verte, pero hace una hora sentí que necesitaba hacerlo —carraspeó como si tuviera un nudo en la garganta—. No quería sumar un año más sin tenerte en mi vida.

Jasper alargó una mano y la posó sobre mi hombro. Me tensé al sentir la calidez de su piel pero no lo aparté.

—Durante un tiempo, pensé que estabas muerta y te juro que fue lo más horrible que he sentido en mi vida —Me acarició con el pulgar—. Cuando vi esa foto tuya, sonriente en una gala musical, e investigué un poco, me sentí muy feliz por ti. Has conseguido labrarte una carrera tu sola, sin usar el nombre familiar, sin favores comprados a base de talonario… Todo lo que tienes es fruto de tu esfuerzo y estoy orgulloso de ti.

Abrí la boca para soltar una réplica, pero la expresión sincera de Jasper me hizo tragarme mis palabras.

—Sinceramente, ya no me importa lo que piense la sociedad, ya no quiero vivir en un mundo hipócrita y hermoso —Cogió su móvil y empezó a buscar algo—. A raíz de perderte, me di cuenta de lo que era importante y rehíce mi vida buscando mi propia felicidad, no la que otros planeaban para mí. Mira.

Jasper me enseñó una fotografía en su móvil. En ella, se veía a una preciosa chica de cabello castaño sosteniendo a una niña, de unos cinco años, con el mismo color de pelo que él.

—¿Te has casado?

—Sí, y me encantaría que conocieras a Emma, tu sobrina —Sonrió al mirar la foto—. Es maravillosa.

Mi hermano se apartó de mí, como si con ese simple gesto me estuviera dejando espacio para pensar. Pero yo no podía olvidar como mis perfectos padres me habían girado la cara cuando yo resulté ser la rebelde de la familia y me enamoré del chico equivocado y cuando estuve en problemas hicieron ver que su hija jamás había existido.

Jasper había sido cómplice de mi desgracia y no sabía si podría perdonárselo.

—No pido que me perdones —comentó como si me hubiera leído la mente—. Pero Emma tiene derecho a conocer a su maravillosa tía Sage.

—Yo... —dudé.

¿Al fin y al cabo, no era eso lo que había estado deseando toda la puñetera Navidad? ¿Una familia unida, con niños que te disfrazaban con espumillón y vestir ridículos jerseys a juego con tus hermanos?

—Si te disculpas, sería un primer paso.

Jasper sonrió con una sonrisa idéntica a la mía.

—Sagie, siento muchísimo todo lo que pasaste por mi culpa, por no haberte protegido como el hermano mayor que soy y haber valorado más las opiniones ajenas antes que tu bienestar —la voz se le rompió un poco—. Te quiero y necesito que estés en la vida de mi hija.

Los ojos se me llenaron de lágrimas y di un paso cauto hacia él.

—No pienso ir a ver a papá y a mamá —Moví la cabeza—. Si se trata de algún tipo de encerrona, te arrepentirás.

Él sonrió.

—No es que yo tampoco les vea mucho, así que no es problema —Me miró con la duda en sus pupilas—. ¿Puedo abrazarte?

Me limité a hacer un leve movimiento con la cabeza y Jasper se lanzó a mis brazos. Me rodeó la cintura y me aplastó contra él como cuando éramos niños.

Algo en mi interior pareció liberarse, como si hubiera soltado parte del lastre que hacía que me costara respirar. Dejándome llevar por la emoción del momento, hundí mi cara en el hueco del cuello de mi hermano y dejé que algunas lágrimas silenciosas rodaran por mis mejillas.

—Feliz año nuevo, hermanito.

—Feliz año nuevo, Sagie.

36

Sage

A pesar de mi reticencia de dejar un par de días sola a Phoenix, al final Jasper me había convencido y terminé marchándome con él a su casa en las afueras para conocer a mi cuñada y a mi sobrinita.

Una pequeña parte de mí se sentía inquieta por el repentino cambio en los acontecimientos, pero tras conocer a Amy, la mujer de mi hermano, y a la dulce Emma, no solo supe que aquello había sido buena idea, sino que mi tristeza se había disipado bastante.

Quizás las cosas estaban volviendo a su lugar, todo empezaba a encajar y a ser como debía ser.

Pensé en Logan, que me había llamado varias veces, pero estaba avergonzada del numerito dramático que había montado en su piso. Cómo iba a mirarle a la cara después de semejante espectáculo y de haberle soltado a bocajarro uno de mis más oscuros secretos.

¿De verdad, Logan querría algo conmigo a pesar de saber que estaba casada, aunque aquello solo fuera para mí un puro trámite legal?

Me toqué el trébol amarillo en mi cuello y pensé en Phoenix, en la infinidad de detalles que siempre tenía conmigo y recordé sus manos, acariciándome, abrazándome para darme consuelo.

Logan era especial y no tenía duda de que me aceptaría tal y como era.

Para cuando habían pasado dos días, y a pesar de que mi cuñada insistió en que me quedara más tiempo, le pedí a Jasper que me llevara a casa. No quería dejar más tiempo sola a Phoenix y, aunque me había encantado conocer a la familia de mi hermano, deseaba volver a mi rutina y, a quién quería engañar, deseaba volver a ver a Logan.

Había estado muy mal por mi parte ignorar sus últimas llamadas, en especial cuando fueron bastante insistentes, pero yo ya estaba llegando a casa y estaba dispuesta a ir a verle en cuanto me diera una ducha y me pusiera algo bonito de ropa.

Quería decirle lo que sentía por él y me negaba a hacerlo por teléfono.

Mi corazón empezó a latir con fuerza y sonreí como una idiota.

Quería a Logan.

Cuando Jasper aparcó en la acera de enfrente de mi casa, Emma, que había insistido en venir con nosotros, se había quedado dormida.

—Gracias por venir —me comentó mi hermano sonriente—. Me alegra poder tenerte de nuevo en mi vida.

—Aunque al principio me sentó un poco mal —Sonreí con malicia—, gracias por buscarme y por dejarme conocer a tu preciosa familia.

Miré al asiento trasero donde mi sobrina dormía con la boquita entreabierta.

—Es tan mona que me la comería entera.

—Cuando quieras, te la dejo un mes y me cuentas lo mona que es.

Le di un empujón.

—Sagie… —Miró al frente apretando las manos sobre el volante—. ¿Qué te parecería ir a ver a papá y a mamá?

—No —Abrí de un tirón la puerta del coche y salí.

Vi como Jasper gesticulaba con las manos, soltando su frustración antes de salir del coche para no despertar a Emma con una inminente pelea.

—No te pido que les perdones, pero qué daño puede hacer tomar un café juntos —Me cogió del brazo intentando calmarme.

—Jasper, no —Me solté de su agarre de un tirón—. Que haya cedido a conocer a tu mujer y a tu hija no quiere decir que ahora vuelva a ser la hija perfecta y quiera ir al club de campo con ellos.

—Yo no he dicho eso.

—¡Genial, porque no va a pasar! —grité un poco y empujé a mi hermano—. Papá y mamá quedan fuera de esto. ¿Me entiendes?

Él bajó la cabeza.

—Lo entiendo —susurró—. Perona por mencionarlo.

—Vale —musité.

Nos quedamos mirando un segundo y me sentí mal.

—No quiero irme enfadada contigo.

—Ni yo tampoco, Sagie.

Jasper me abrazó y yo me dejé hacer. Era agradable dejarse querer de aquella manera y ya casi se me había olvidado.

—¿Quieres darle un beso de despedida a Emma?

—No quiero despertarla.

—Tranquila —Se encaminó a la puerta trasera del coche—. Se quedará frita de nuevo en cuanto encienda el motor.

Solté una suave risa y me incliné por la puerta abierta para besar a la dulce niña rubia. Ella, al verme con sus ojitos soñolientos, me lanzó los brazos para abrazarme.

Sentí mi pecho lleno de calidez. De felicidad.

Tras una breve despedida y la promesa de volver a vernos pronto, Jasper se metió en el coche y yo, queriendo retener un poco más la sensación cálida del encuentro, me quedé de pie, en mitad de la calzada, viendo como el coche desaparecía calle arriba.

Cuando el frío viento me devolvió a la realidad, me di la vuelta, dispuesta a ir a casa. Apenas había dado un par de pasos, que me quede petrificada. Logan, de pie junto a la valla de mi jardín trasero, me estaba fulminando con ira con sus ojos cobalto.

Algo no estaba bien.

Me acerqué a él deprisa, intentando sonreírle, pero él tenía una expresión fría como el hielo.

—Logan —Me encaminé hacia él un poco nerviosa—. Estaba a punto de ir a verte. Quería hablar contigo.

Él me miró un segundo y su expresión se endureció un punto más. Si eso era posible.

—No hay nada que hablar. Esta todo muy claro.

—¿Qué? —murmuré desconcertada—. No, Logan yo…

—Si me entero de que vuelves a dejar sola a Phoenix, vendré y me la llevaré —Me fulminó con ira.

Sentí como una losa caía sobre mi pecho.

—Sé que no ha sido correcto, pero me aseguré de que tuviera suficiente comida —Él no me miraba—. Logan… ¿estás enfadado solo por eso?

Cuando posé una de mis manos sobre la manga de su chaqueta, él se apartó rápidamente.

—Mira, Sage, está claro que tu vida es muy complicada y yo ahora mismo no puedo complicar más la mía, ya tengo suficiente con el disco y todo lo que supone, así que… —Tragó saliva como si le hubiera costado decirlo—. Ya nos veremos por ahí.

Sin darme tiempo a que yo procesara lo ocurrido, giró la esquina y desapareció de mi vista.

Solté un sollozo ahogado cuando me di cuenta de que ahora, que por fin me había vuelto a enamorar, justo en el momento en el que estaba dispuesta a mostrarme vulnerable y a dárselo todo a Logan, él había decidido abandonarme.

Y aquel simple hecho, reabrió de nuevo todas mis antiguas heridas.

37

Sage

Los chupitos se amontonaban frente a mí en la mesa de café mientras mis amigos reían y hacían bromas. Como cada primer viernes de mes, nos habíamos reunido todos en casa de Adam. No recordaba cuándo había empezado aquella tradición, pero lo único que sabía era que la empezamos siendo cuatro asistentes y ya éramos siete.

Normalmente, me dejaba llevar y bebía bastante, a pesar de ser pequeña tenía una alta resistencia al alcohol, pero aquella noche me limité a beber zumo, ya que sabía que si una sola gota tocaba mi torrente sanguíneo, no sería capaz de controlar mi ansiedad y mi desasosiego.

Odiaba las personas que se convertían en borrachos llorones.

Liam, como no podía ser de otra manera, asumiendo el rol de cuidador de todos nosotros, me había estado observando toda la noche y estaba segura de que se mantenía sobrio por mí. Por si necesitaba un amigo.

Le miré de arriba abajo. Mi amigo estaba bastante bien, no era tan alto como Logan, pero para nada era bajo. Tenía unos hombros anchos y una mandíbula marcada que le daba un aspecto muy masculino. A pesar de tener los ojos y el cabello de un marrón de lo más común, sus facciones le convertían en un hombre muy atractivo.

Joder, ¿por qué no podía haberme enamorado de él y no de Logan?

Liam me entendía, era sensato, educado, serio, responsable y para nada era un *fucker* como el imbécil de Logan.

Hasta donde yo sabía, el correcto de Liam podía hasta ser virgen, porque nunca le había visto con ninguna mujer.

—Puto Logan —mi voz fue un leve aliento, casi insonoro.

—Si tengo que ir a partirle la cara sabes que lo haré —Liam se sentó a mi lado.

"Añadiremos oído súper sónico a la lista de cualidades de tío bueno de Liam" —me dije haciéndome una broma interna que para nada me animó.

—¿Qué te ha hecho? —Mi amigo me tendió un vaso de zumo con una sombrilla—. Pensaba que estabais llevándoos bien últimamente.

Bebí un sorbo del zumo y me pasé la lengua por los labios. Era de naranja con un punto de granadina y estaba muy dulce.

—Ha pasado lo que ya preveía —Me acerqué un poco a él para mantener nuestra conversación un poco más privada—. Se acostó conmigo y ya no quiere saber nada más de mí.

—Sage… —murmuró.

—Lo sé, soy idiota —Tiré del trébol de mi cuello que no había sido capaz de quitarme aún—. Y lo peor de todo es que en el proceso me he colgado de él… Por lo que soy idiota por dos.

Liam me rodeó con su brazo y me atrajo hacia él, en un gesto de lo más protector.

—Si alguien es idiota aquí es él por dejar escapar a una chica tan maravillosa como tú.

Levanté la vista y miré a mi amigo.

—Cásate conmigo.

Él soltó una fuerte risotada que llamó la atención de todos y en especial de Elly, que me pareció que me fulminaba con la mirada.

¿Qué narices le pasaba a la loca del violín fucsia? Aquella chica me parecía un poco rara.

—Sabes —musitó Liam casi contra mi pelo—, últimamente mi concepto de Logan había cambiado un poco.

—¿A qué te refieres?

Noté como se encogía de hombros.

—Era una sensación, pero me estaba empezando a caer bien —bufó—. Está claro que me equivoqué, porque si te ha hecho eso es un capullo integral.

—Supongo que nos ha engañado a todos… a mí también me hizo creer que era un buen chico en el fondo.

La imagen de Logan cuidando de los perros del refugio, llorando por la pérdida de Penny entre mis brazos y la de él, semidesnudo en la cocina, explicándome todos los significados de sus tatuajes, hicieron que se me encogiera el corazón.

Me deshice del abrazo de Liam y me senté en el borde del sofá agitando la cabeza como si quisiera borrar aquellas imágenes de mi mente.

—Sabes, Liam —Le sonreí ampliamente—, he superado cosas muchísimo peores, así que a partir de hoy… ¡ya no se habla de Logan!

Sam y Kai, que ya iban como un par de cubas, me miraron y, entrecerrando los ojos, empezaron a cantar al unísono.

—No se habla de Lo-gan, no, no. ¡No se habla de Logan!

Al reconocer la canción de la película *Encanto*, solté una carcajada, esta vez sincera y decidí que seguiría adelante.

Tenía mucho por lo que alegrarme y estar agradecida. Mi pequeña Phoenix, mis locos amigos, mi exitosa carrera profesional y ahora un hermano, una cuñada y la sobrina más linda del mundo.

No iba a dejar que un corazón roto me parara.

Yo era Sage, la luchadora, la valiente, la que había sobrevivido a las adversidades con uñas y dientes y nada acabaría conmigo.

38
Logan

Lancé al fuego la hoja de libreta donde había escrito la letra de la canción que compuse para Sage. A pesar de que habían pasado varios días, la ira que corría por mis venas me envenenaba cada día un poco más. Estaba tan irascible y borde que hasta Elsa me había echado la bronca cuando le grité a una publicista que me mostró unos diseños para la campaña de marketing de mi disco.

No era ni mucho menos la primera vez que me partían el corazón, lo habían hecho en varias ocasiones desde que fui adolescente, pero no recordaba ninguna que me hubiera dejado tan echo polvo.

Quizás era por el hecho de que Sage me había mentido a la cara cuando me dijo que no quería a su marido.

¿Su ataque de ansiedad y sus sollozos habían sido un numerito también? Porque, de ser así, la tía se merecía un puto Oscar.

Miré al fuego que había devorado por completo la hoja de papel.

Me había abierto a ella, entregándome por completo, dispuesto a luchar junto a Sage contra sus demonios y ahora me sentía un estúpido.

Pensé en la imagen que tenía ella de mí cuando nos conocimos y deseé realmente ser un tipo superficial que solo quería a las mujeres por lo que tenían entre las piernas.

La imagen del tipo rubio y Sage abrazando a la niña se repetía en bucle en mi mente y yo cada vez estaba más frustrado con mi cerebro por no olvidarla, catalogarla en lo más profundo de mi ser o quemarla como había hecho con la letra de *Yellow*.

Cogí mi teléfono con furia y busqué en la lista de contactos.

Unos segundos después, el tono de llamada hizo que se me tensaran los músculos.

—¿Hola? —la voz femenina sonaba un poco soñolienta.

—Nadine, soy Logan —Tomé una bocanada de aire—. ¿Quieres follar?

39

Sage

Un mes exacto antes del lanzamiento oficial del disco de Logan, Elsa, que juro que cada día tomaba más decisiones locas a causa de las hormonas de su embarazo, tuvo la gran idea de hacer una sesión de fotos con retransmisión en directo por Instagram. Había montado un espectáculo digno de una súper producción de Hollywood y ahora estábamos en un plató enorme.

Cuando me contó la idea, me negué en redondo a participar, ya había tenido la publicidad suficiente con la fiesta de pre-estreno, pero Elsa prácticamente me obligó a asistir. En realidad, no tenía que hacer nada especial, solo revolotear por el set, sonreír cada vez que la chica que habían contratado para gestionar las redes sociales de Logan me apuntara con su móvil y, tal vez, decirles a los seguidores que estarían viendo el directo lo maravilloso que me parecía Logan como artista.

Eso podía hacerlo, seguía pareciéndome buen músico, una pésima persona, sí, pero eso era algo privado.

En ese preciso momento, Logan estaba en el centro de un escenario lleno de humo que se iluminaba de colores azulados y violetas, mientras un fotógrafo disparaba frenético agachándose e inclinándose en posiciones imposibles.

¿No se suponía que era el modelo el que se movía?

Yo aproveché que una súper modelo bastante famosa había aparecido en escena, captando la atención de todos, en especial cuando se colgó del cuello de Logan, para escabullirme hasta la mesa del bufet libre y zamparme en dos bocados una tartaleta de manzana.

Si tenía que soportar aquello, al menos me llenaría la tripa gratis.

Para cuando llevábamos más de una hora y a mí me dolían los músculos de la cara de sonreír falsamente, la sesión de fotos se dio por finalizada y Logan bajó del escenario.

Yo me había acomodado en una silla, de ésas de estilo de director de cine, cerca del bufet que había menguado su cantidad de dulces gracias a mi apetito nervioso. Cuando Logan se encaminó hacia mí, mis piernas se pusieron rígidas y sentí como mis dientes se apretaban.

Intenté desviar la mirada, pero no fui capaz. Mis ojos me estaban traicionando, así que en mi cerebro se quedó grabada su imagen.

Vestía una chaqueta de cuero azul marino abierta, larga hasta sus rodillas y unos vaqueros de color gris oscuro medio rotos. Para mi tormento visual, no llevaba nada más, es decir, que sus pectorales y los abdominales estaban completamente a la vista.

Sentí un calor que me ascendía desde la entrepierna hasta el estómago, que se intensificó cuando él pasó muy cerca de mí y sonrió de medio lado.

Sabía que era una sonrisa vacía, hecha solamente para la cámara del móvil que le enfocaba, pero me afectó de igual manera que si hubiera sido sincera.

Me clavé las uñas en los muslos casi perforando las medias que llevaba.

Le odiaba por haberme usado y olvidado, por haber hecho que me enamorara de él como una idiota, pero a pesar de todo, a pesar de que mi parte racional no quería volver a verle nunca, parecía que mi entrepierna tenía otros planes para nosotras, porque el maldito Logan me seguía gustando tanto o más que antes.

Salté de la silla dispuesta a marcharme, pero Elsa me cogió del brazo y, sonriente, me arrastró hasta la zona de las bebidas donde Logan estaba tragándose un litro de agua literalmente. Cuando me vi a su lado, demasiado cerca para mi gusto, pude ver como unas gotas de agua se escapaban entre sus labios y la botella y bajaban lentamente, sinuosas, por su mandíbula y su cuello.

—¡Karen! —Elsa llamó la atención de la chica que sostenía el móvil—. Ven, terminaremos el directo con ellos.

La chica hizo una mueca de disculpa al fotógrafo, que estaba hablando maravillas de lo fotogénico que era Logan, y se acercó a nosotros, enfocando primero a Elsa.

—Bueno, queridos seguidores de Logan, para finalizar este divertido directo, dejaré que vuestro artista preferido y la responsable de producir el disco os digan unas palabras.

Elsa se apartó del objetivo de la cámara, pero antes de desaparecer se aseguró de girarse hacia nosotros.

—Mostraos unidos —susurró—. Felices.

Sin perder el tiempo, Logan dibujo una amplia sonrisa y deslizó su brazo por mi cintura atrayéndome a él. Al instante, su olor me transportó a ciertos momentos que quería olvidar para siempre y mi corazón traicionero empezó a golpear con inercia contra mis costillas.

—Gracias a todos por estar aquí viendo el directo y recordad que en exactamente un mes podréis tener acceso a todas las canciones desde las plataformas musicales habituales —Me atrajo un poco más hacia él—. Y gracias a ti, por estar a mi lado y ser la mejor productora que un artista puede desear.

Los ojos azul oscuro de Logan se fijaron en los míos y, con un movimiento que me pareció hecho a cámara lenta, se inclinó sobre mí y me besó en la mejilla, peligrosamente cerca de la comisura de los labios.

Fui incapaz de moverme, decir nada o sonreír, porque mi mente se había quedado en blanco y solo era consciente de lo que él había vuelto a despertar en mí.

Después de que Logan hiciera un movimiento con la mano a modo de despedida, la chica bajó el móvil y nos informó de que el directo había terminado.

Entonces sentí un escalofrió por la espalda, notando la mirada de Logan sobre mí. Cuando, con un poco de indecisión, le miré, él se apartó de golpe, casi con un empujón y desapareció camino a los camerinos para cambiarse.

Le observé alejarse con la cabeza baja y con unos pasos que indicaban que estaba enfadado.

—Ya podías haber dicho algo, Sage —me riñó Elsa—. Te has quedado congelada.

—Es la primera vez que salgo en un directo —Me encogí de hombros—. Será que tengo pánico escénico. Lo siento.

Elsa puso los ojos en blanco y, en un acto reflejo, se acarició la pequeña panza que ya empezaba a notarse bajo su traje de marca.

—Bueno, te perdono tu metedura de pata si me haces un favor.

Enarqué las cejas. Tampoco era para ser tan dramática.

—¿Qué necesitas?

Elsa se me acercó como si fuera a confesarme uno de los peores crímenes de la humanidad.

—Estos zapatos me están destrozando los pies y hace media hora que me va a estallar la vejiga —Me miró con los ojos llenos de súplica—. ¿Podrías llevar esas cajas con el merchandising de Logan al estudio de grabación para mañana? Tenemos una sesión de fotos allí a primera hora y no creo ser capaz de aguantar un minuto más de pie.

Solté una leve risa y asentí.

—Dalo por hecho.

No me había dado cuenta de lo tarde que era hasta que salí de plató y me dirigí hacia mi coche, cargada con una enorme caja llena de camisetas, llaveros y postales con la cara de Logan.

El cielo ya empezaba a oscurecer y unas nubes grises y los charcos del suelo del aparcamiento indicaban que había estado lloviendo.

Cansada, dejé la caja en el asiento del copiloto y me dispuse a conducir hasta el centro para cumplir el encargo de Elsa.

Poco más de cuarenta minutos después, aparcaba cerca de la entrada del edificio que albergaba las salas de grabación y, cogiendo la caja, empecé a caminar por la acera a toda prisa. Cuando apenas me quedaba un metro para llegar a la puerta giratoria del edificio, un coche pasó a toda velocidad y, justo cuando estaba a mi altura, se deslizó por un enorme charco que levantó una ola de agua sobre mí.

Mi único pensamiento fue el de poner a salvo el material que contenía la caja de cartón, que pude elevar sobre mi cabeza, pero para mi desgracia eso favoreció que mi chaqueta de cuero, mi camisa blanca y mi falda vaquera quedaran completamente empapados.

Solté un taco al coche, que ya estaba a una calle de distancia y empecé a tiritar de frío. Me había vestido para salir en el directo, no para combatir el frío de la ciudad.

Empapada y cabreada, me metí en el edificio y, tras saludar al guarda de seguridad que me conocía de sobras, me encaminé a la planta de los estudios de grabación.

¿Podía tener más mala suerte?

40

Logan

No entendía por qué, teniendo tantos asistentes, Elsa me había pedido a mí que llevara una caja llena de chapas, calendarios y postales al estudio de grabación para la sesión de fotos que tendríamos al día siguiente.

Me parecía absurdo que después de tenerme toda la tarde posando y sonriendo como si yo solo fuera una cara bonita, encima le tuviera que hacer de recadero, pero la muy manipuladora había usado la carta de la agotada mujer embarazada y yo no quería ser el insensible que no la ayudara.

Para cuando llegué al edificio, había empezado a llover de nuevo, así que me pegué una buena carrera desde el aparcamiento hasta la entrada para evitar que la caja se mojara demasiado. Cuando entré jadeante y saludé al guarda de seguridad, un intenso relámpago iluminó la calle seguido de un fuerte trueno que hizo vibrar las puertas de cristal.

—Va a caer una buena —me advirtió el guarda.

—Pues no llevo paraguas —Enarqué las cejas en un gesto dramático—. Subo a la planta quince a dejar esto en el estudio y bajo enseguida.

El guarda, que no era muy hablador, me hizo un gesto afirmativo con la cabeza y siguió a lo suyo.

Me dirigí a los ascensores, pero un miedo infantil se apoderó de mí. No es que tuviera miedo a quedarme atrapado en uno, ni tan solo tenía claustrofobia, pero sentí que era mejor subir a pie para evitar riesgos.

Total, ¿qué eran quince pisos para un tío en forma como yo?

Cuando llegué al decimo piso, el hígado se me salía por la boca. Estaba claro que necesitaba hacer algo más que pesas en el gimnasio, tal vez alguna clase de spinning.

Definitivamente, estaba acabado.

Resignado por mi mal fondo, me encaminé al pasillo que llevaba a los ascensores y pulsé el botón.

La lucecita que indicaba qué puerta se abriría no tardó en encenderse y me dirigí hacia ella mientras sostenía la enorme caja frente a mi cara. Oí el chirriar metálico de las puertas y me metí sin prestar mucha atención. Cuando dejé la caja en el suelo para poder pulsar con mayor comodidad el botón de la planta quince, me quede congelado.

A mi lado, estaba Sage.

Me miraba con los ojos llenos de sorpresa y estaba tan inmóvil como yo.

Antes de que pudiera escapar de aquella incómoda situación, las puertas se cerraron y el ascensor empezó a bajar.

—Mierda —Pulsé el piso quince—. Yo quería subir.

—Mala suerte —musitó ella casi tan bajo que me costó oírla.

Me giré dándole la espalda. No quería ni mirarla. La imagen de Sage ya me había estado atormentando toda la maldita tarde en el set de grabación paseándose por allí con su minifalda y su chaqueta de cuero.

Tuve que hacer un gran esfuerzo para no besarla en pleno directo.

Quería odiarla, pero cuanto más lo intentaba más parecía meterse en mi cabeza.

La noche que quemé la letra de su canción y, en un acto estúpido de venganza, había ido a ver a Nadine para echar un polvo y olvidarme de todo, no había funcionado. El tiro me salió por la culata, ya que Nadine se pasó toda la noche interrogándome sobre lo que había pasado con Sage y sobre lo que yo sentía. Contra todo pronóstico, lo que se suponía que iba a ser una noche de sexo por despecho con una tía que llevaba años tras de mí, terminó siendo una noche de confesiones y alguna lagrimilla por mi parte.

Debía reconocer que había juzgado mal a Nadine. Sí, a veces era una bocazas y un poco borde, pero me había estado escuchando y aconsejándome sobre cómo recuperarme de mi corazón roto, como la experta que era.

En el fondo, era buena tía.

Noté como Sage se movía tras de mí, nerviosa, cambiando el peso de su cuerpo cada pocos segundos de una pierna a otra y con los ojos fijos en los números sobre la puerta del ascensor, que se iluminaban cada vez que cambiamos de planta.

Me permití echarle una rápida mirada y me arrepentí al instante. Por alguna razón, estaba empapada de pies a cabeza y su camisa blanca estaba completamente adherida a su piel dejando ver claramente su sujetador de encaje blanco.

Aquello me recordó demasiado bien a la imagen que tenía de ella en la piscina de Eddie, con su pijama empapado arrapándose a sus pechos, duros por el frío de la noche.

Sentí como un calor intenso se acomodaba en mi braqueta y maldije entre dientes.

Cuando estábamos a punto de llegar a la segunda planta, un estruendo sordo retumbó en nuestros oídos y, con un fuerte tirón, el ascensor se detuvo y la luz se apagó dejándonos a oscuras.

Oí un leve jadeo asustado que se escapó de la garganta de Sage justo antes de que la luz de emergencia, de un brillante tono ambarino, nos iluminara.

—¿Estás bien? —pregunté en un acto reflejo.

Ella estaba pegada a la pared, con las manos a ambos lados, intentando aferrarse con las uñas al pasamanos.

—Se ha ido la luz —murmuró.

—Supongo que por la tormenta —Me pasé la mano por el pelo, que estaba ligeramente húmedo.

—Claro.

Nos miramos un segundo en silencio. Con aquella luz, estaba preciosa y mis ojos recorrieron con deliberada lentitud todo su cuerpo.

La vi tensarse y aparté la mirada.

—Maldita Elsa —Le di una patada a la caja.

Ella me observó.

—¿También te ha pedido a ti que trajeras una caja llena de camisetas?

—Chapas y calendarios —la corregí—. Pero sí.

Ella soltó un bufido y se apartó de la pared un poco menos tensa.

—Parece que tiene una fijación por encerrarnos en sitios —Soltó un soplido—. Igual quiere ver cuánto tiempo tardamos en matarnos el uno al otro.

Algo se me rompió por dentro al percibir la amargura en cada una de sus palabras.

—A pesar de todo, yo nunca te haría daño —me mordí la lengua al oír mis palabras.

Aquella frase había salido de mis labios sin que yo me lo hubiera propuesto, como si me hubieran dado un suero de la verdad.

—Ya es tarde para eso.

La miré y ella fingió encontrar tremendamente interesante una cremallera de su cazadora.

—Pues entonces estamos empatados en ese sentido.

Sage me miró entrecerrando los ojos, como si no me entendiera. Se le daba de fábula fingir que era un ser inocente y libre de culpa y lo peor del caso es que yo quería creerla.

Ella meneó la cabeza, claramente enfadada y, pasando por delante de mí, pulsó el botón de emergencia.

Por el pequeño altavoz que había sobre la botonera, se oyó un pitido intermitente.

—¿Hola?

—Hola, Thomas —dijo Sage alto y claro dirigiéndose al guarda de seguridad—. Soy Sage, estoy atrapada con Logan en el ascensor.

—¡No me diga! Llamaré a emergencias ahora mismo, pero es posible que tarden, parece que hay un apagón en casi toda la ciudad.

—Genial —susurré irónico.

Sage me fulminó con sus ojos verdes.

—Gracias, Thomas.

La comunicación se cortó y Sage se alejó de mí volviendo a su lado del ascensor.

El silencio cayó sobre nosotros, pesado y denso. Era la primera vez que algo así me pasaba con ella y lo odié al instante.

Diez minutos mas tarde, yo me había sentado en el suelo, frente a la caja y Sage, de pie frente a mí, se abrazaba a sí misma. Estaba temblando de frío.

Sin pensarlo mucho, me quité el abrigo de paño que llevaba y se lo ofrecí.

—Toma, estás empapada y pillarás una pulmonía si no te abrigas.

—No, gracias. No quiero tu caridad.

—Sage, no seas orgullosa y tápate.

Me fulminó con la mirada antes de arrebatarme de un tirón el abrigo y se deshizo de su cazadora. No pude evitar mirar la camisa pegada a su cuerpo y solté un bufido.

—Joder, tápate ya.

—¿Cuál es tu puto problema, Logan?

Me puse en pie y di un paso hacia ella.

—Tú y tu maldita camisa empapada sois mi problema —jadeé.

Ella soltó una risotada sarcástica y se quitó mi abrigo, tirándolo al suelo y sacando pecho.

—Pensaba que ya te habías hartado de esto y por eso me habías dejado bien clarito que pasabas de mí.

Di un par de pasos más hacia ella, acercándome peligrosamente a su rostro.

—¿Cuándo he dicho yo que me hubiera hartado de... —Miré sus pechos—. Esto.

Ella entreabrió la boca y entonces lo supe, estaba tan excitada, tan loca por mí como yo por ella.

Me acerqué un poco más, pegando mi cuerpo al suyo, aplastándola contra la pared del ascensor, hasta que la oí respirar con dificultad.

—Vamos a dejar esto claro desde el principio —Mis labios rozaron los suyos—. Va a ser solo algo físico y será la última vez que pase.

—No —jadeó ella contra mi boca.

Pero a pesar de su negativa todo su cuerpo decía sí, un sí claro y alto.

Deslicé mi mano por su camisa, desde la cintura hasta el inicio de su pecho, y la dejé ahí, sin ser un gesto demasiado invasivo, demasiado indecente.

—¿Paro?

Pude ver como el fuego de la pasión consumía su mirada y entonces Sage me rodeó el cuello con sus brazos y me besó. Yo abrí mi boca aceptándola, jugando con su lengua de una manera muy poco gentil. Aquello no iba a ser romántico ni delicado, iba a asegurarme de que fuera duro y sucio, porque no podía permitirme ni una pizca de romanticismo o mi corazón acabaría de nuevo hecho trizas.

Deslicé mis manos por sus muslos, hasta que se toparon con el dobladillo de la falda que, con un fuerte tirón, subí hasta la su cintura. Oí un gemido cuando agarré sus nalgas con las dos manos y la elevé, hasta que la obligué a rodearme las caderas con las piernas.

Nuestras lenguas seguían jugueteando la una con la otra, hasta que decidí que ya era suficiente y le mordí el labio con un punto de fiereza. Ella soltó un leve quejido y se apartó para mirarme con el ceño fruncido. Acto seguido y como si aquello hubiera sido un desafío, ella me mordió en el cuello, dejándome claro que si yo quería jugar sucio, ella también lo haría. Aquello me excitó tanto que, tras aplastarla entre la pared y mi cuerpo, deslicé mi mano entre sus piernas y le rasgué las medias de un tirón.

—¡Logan! —Me miró con los ojos abiertos como platos.

—Eran un problema —me limité a decir antes de inclinarme sobre su cuello y empezar a lamerlo desde la base hasta que llegué al lóbulo de su oreja.

Cuando noté que su pelvis se restregaba sobre mi bragueta, supe que no le importaba de verdad el estado de su ropa.

Mientras volvía a besarla, me dediqué a desabrochar los botones de su camisa con una mano, pero me estaba costando mucho más de lo que había pensado y los movimientos de Sage sobre mi entrepierna estaban empezando a llevarme al límite.

—Rómpela —jadeó mientras tiraba de mi jersey hacia arriba por la espalda—. Rompe la dichosa camisa.

—¿Estás segura?

Obtuve un gemido como respuesta por su parte y con un tirón preciso tiré de la prenda. Los botones salieron disparados en todas direcciones, pero yo no me fijé demasiado, los pechos de Sage eran mi nuevo foco de atención.

Cuando liberé uno por encima de la copa del sujetador y ella sintió como lo devoraba con la lengua y los dientes, se arqueó, pegándose más a mí, frotándose aún con más energía.

Ansiosa, me ayudó a deshacerme de mi jersey y se pegó a mí, reclamando el contacto de mi piel desnuda contra la suya.

Dejé que me abrazara un segundo, pero cuando noté que al deseo se le sumaba algo cálido y emotivo, me apresuré a apartarla mientras le masajeaba los pechos con amabas manos y le daba mordiscos en el cuello.

"Es solo sexo… solo sexo" —me repetí en mi cabeza.

Quería follar con Sage, no hacerle el amor.

Porque ella no podía ofrecerme nada más. Tenía un marido, una hija. Sage tenía una vida en la que yo no tenía cabida.

Sin alargarlo mucho más, porque no me fiaba de mí mismo y de que, en caso de que durara mucho, sucumbiera a mi lado más tierno, saqué de mi cartera un condón y lo sostuve entre los dientes.

Ella lo miró y se pasó la lengua por los labios.

—¿Tan rápido? —se quejó.

Solté un bufido que fue medio carcajada y decidí que bien podía jugar unos minutos más con ella.

Deslicé mi mano entre sus piernas y, apartando su tanga con un dedo, me introduje en ella. Sentí lo húmeda que estaba por mí y aquello me llenó de satisfacción. Quizás no me perteneciera su corazón nunca, pero no podía negar que me deseaba.

Metí un dedo primero y después otro, rápidamente, con un punto de violencia. A ella no pareció molestarle y empezó a jadear y a gemir, moviéndose contra mi mano, pidiéndome más.

Sentí como empezaba a llegar a su límite y me permití ser un poco perverso con ella, la llevé casi hasta el orgasmo y justo antes, paré.

—Logan —se quejó ella con un gemido lastimero—. ¿Por qué paras?

—Para castigarte —La besé duro—. Quizás porque estoy enfadado.

—Eres un cabronazo —jadeó contra mi boca mientras volvía a frotarse contra mí.

Yo no pude evitar reírme y le lamí el labio inferior antes de succionarlo ligeramente.

Obligándola a aferrarse a mi cuello para que no se bajara, me bajé la bragueta y me coloque el condón.

Introduje lentamente solo la punta en su entrada y me quede quieto, luchando contra mis ganas de más, porque sabía que ella tenía más ganas que yo y me estaba gustando eso de torturarla.

—Dime qué quieres —murmuré sobre uno de sus pechos.

Ella se limitó a gemir, mientras me clavaba las uñas en la espalda. Cuando intentó mover las caderas la frené con las manos.

—Dime qué quieres —repetí mirándola a los ojos.

—Métela toda —jadeó.

Aquello me hizo perder el norte y la embestí como nunca lo había hecho, Sage se abrazó a mi cuello para no caer, mientras con cada uno de mis movimientos podía sentir bajo mis pies como el ascensor se balanceaba levemente.

Mis gemidos se sumaron a los suyos, mientras ella clavaba las uñas en mi espalda.

—Dime qué quieres, Sage.

Ella solo podía gemir e intentar respirar.

Una embestida, dos, tres…

Estábamos llegando al máximo de nuestro placer, de nuestras emociones, de nuestros sentimientos.

—Sage —La besé con furia—. ¿Dime qué es lo que quieres?

Ella soltó un gemido prolongado y agudo mientras temblaba a mi alrededor, atrapándome con fuerza en su interior y arrastrándome con ella al orgasmo.

Me quedé apoyado con la cabeza en la pared, con ella presionada entre mi pecho y el frío metal de la caja del ascensor.

Ella empezó a convulsionarse, haciendo que yo me moviera

levemente son su temblor y sentí algo húmedo deslizarse por mi cuello y mi pecho.

¿Estaba llorando?

—A ti —susurró contra mi piel—. Maldita sea, Logan… te quiero a ti.

41

Sage

No estaba segura de como habíamos llegado a aquel punto, pero la cuestión era que nos habíamos dejado llevar por uno de nuestros instintos más primarios y lo habíamos dado todo en aquel ascensor. Logan no había sido tierno ni dulce, se había limitado a empotrarme contra la pared sin sentimientos de por medio.

Me había gustado, eso no podía negarlo, pero en mi pecho se sentía un vacío terrible.

Sabía que su pregunta se refería a algo mucho más sucio, mas sexual, pero cuando terminamos se escaparon de mi garganta las palabras que llevaba días queriendo decirle, a pesar de que sabía que me partirían el alama en dos porque Logan no podía corresponderme.

No sinceramente.

—A ti —susurré mientras lloraba en silencio desbordada por mil sentimientos—. Maldita sea, Logan… te quiero a ti.

Él se quedó inmóvil, sosteniéndome aún en brazos y yo habría jurado que sentí como su corazón se aceleraba.

—¿Qué has dicho? —su voz temblaba un poco mientras me dejaba en el suelo.

Mis piernas tuvieron que hacer un gran esfuerzo para sostener mi peso. Logan tenía los ojos fijos en mí, con un brillo extraño en ellos a causa de la luz de emergencia de tono ambarino.

—Ya lo has oído —No pensaba humillarme más repitiéndolo.

De pronto, sentí vergüenza. Mis medias estaban destrozadas, mi camisa completamente echada a perder y sin botones. Me incliné para deshacerme de las medias y, poco después, anudando la parte baja de la camisa a mi cintura, recuperé mi chaqueta de cuero del suelo y la cerré con la cremallera casi hasta mi cuello.

Me sentía usada, avergonzada y, por como me miraba él, intimidada.

Al verme de nuevo vestida, el se limpió y también recolocó su ropa y su abrigo.

A excepción de nuestras mejillas sonrojadas y mis piernas desnudas, parecía que allí no había pasado nada.

Logan se acercó a mí, dejando una distancia prudencial entre nosotros.

—Sage

Yo bajé la cabeza.

¿Dónde narices estaban los técnicos para sacarnos de allí?

—Sage… —repitió él muy suave—. Has dicho que me quieres.

Cerré los puños con fuerza, intentando no llorar más, pero mi garganta tenía una bola de amargura y me dolía el pecho.

No pude contestarle nada.

—No puedo hacerlo —Logan se pasó la mano por el pelo—. No puedo vivir sabiendo que soy un destroza hogares, tu marido… —se le atragantaron las palabras—. La niña… tu hija.

Le miré con los ojos abiertos como platos sintiendo un torrente de pánico adueñándose de todo mi cuerpo.

—¡¿Cómo te has podido enterar de lo de la niña?! —mi voz sonó estridente, retumbando en las paredes del ascensor.

¿Cómo era posible? ¿Cómo se había enterado Logan de mi secreto mejor guardado? De lo que aún palpitaba como herida en carne viva en mi corazón.

Logan me miró un momento, parecía preocupado por mi reacción, pero al instante bajó la cabeza, resignado.

—Sage, te vi con él y vi a la niña —su voz sonó rota—. Os vi aquel día cuando estaba en el jardín de tu casa. Parecíais... felices.

Mi cerebro sufrió una desconexión momentánea y por un momento temí ponerme a reír como una idiota al darme cuenta de lo que estaba pasando.

Di un paso hacia él, pero aún estábamos separados.

—El chico y la niña que vistes son mi hermano y mi sobrina.

—¿Qué?

—Es una larga historia —Solté un suspiro—. Pero hemos vuelto a retomar el contacto después de varios años sin hablarnos.

Logan se tambaleó un poco, parecía estar en shock.

—Pero tú tienes un marido...

Sentí un latigazo al escuchar esas palabras dichas por sus labios.

—Él está en la cárcel, Logan —Cerré los ojos con fuerza—. Es una larga historia que puedo contarte si quieres. Pero lo único que necesitas saber ahora es que no hay absolutamente nada entre nosotros.

No sabía exactamente por qué me estaba esforzando tanto en defenderme.

—Aun y así, ¿por qué te importa si tú solo quieres follar conmigo sin compromiso? —soné un poco más dura de lo que había pretendido en un principio.

Logan, que parecía un poco más tranquilo, se me acercó un par de pasos hasta que su cuerpo y el mío casi chocaron. Sentía el calor que desprendía su piel a través de las capas de ropa y mi cuerpo empezó a reaccionar otra vez a su presencia. A su olor.

—Se te ha olvidado muy rápido que te dije que te quería —Inclinó su cabeza hasta que chocó su frente con la mía—. Hasta te escribí una canción.

—Se pueden llegar a decir y hacer muchas cosas para conseguir un objetivo.

Logan deslizó su pulgar por la curva de mi mandíbula y se paró en mis labios, acariciándome la boca como si así calmara sus ganas de besarme.

¿O era yo la que se moría por besarle a él?

—¿Cuando creerás en las cosas que te digo?

Quise apartarme de él, pero mi cuerpo no se movía.

—Creí en lo que me dijiste la mañana que me viste con mi hermano —Tragué saliva—. Me mandaste a paseo, Logan.

Él dio un paso más, si eso era posible, y se pegó completamente a mí, mientras una de sus manos se posaba en la parte baja de mi espalda.

—Fui un idiota celoso —Se inclinó rozando mis labios—. Fui mezquino porque creí que te había visto con tu marido y tu hija y mi corazón se partió porque él no era yo.

—No me mientas más, Logan —jadeé contra su boca—. Ya has tenido de mí lo que querías, has dicho que era la última vez.

Él negó con la cabeza.

—Estaba enfadado y dolido —Me puso una mano en su pecho para que sintiera los latidos de su corazón—. Si lo necesitas para creerlo del todo lo diré mil veces, me lo tatuaré, escribiré millones de canciones, pero Sage, te quiero.

Un pequeño atisbo de duda seguía instaurado en mi interior, pero decidí ignorarlo y jugármela de nuevo.

Me puse de puntillas y le di un beso suave en los labios.

Sentí como los de Logan se arqueaban bajo los míos y me respondió al beso de una manera lenta, cálida y dulce.

Absolutamente nada que ver con cómo me había estado besando hacía un rato.

—Te quiero —musitó contra mi piel—. Siento haber sido un capullo celoso.

Metí mis manos entre su chaqueta y el jersey y le besé más profundamente dejando que mis acciones contestaran a sus palabras.

—Te quiero —jadeé finalmente.

Logan me abrazó apretándome contra su pecho, como si tuviera miedo a que yo saliera corriendo y le abracé aún con más fuerza.

Nos quedamos así algunos minutos, en silencio, fusionados. Felices.

De pronto, él se puso un poco tenso y, poniéndome la mano bajo la barbilla, hizo que le mirara.

—Has hablado de una niña... de tu hija —repitió casi mis palabras exactas.

Mierda.

Sentí como mi cuerpo temblaba levemente, pero intenté no perder los nervios. Había albergado una pequeñísima esperanza de que ese detalle se le pasara por alto.

Logan pestañeó un par de veces.

—No me molesta si tienes una *pequeña Sage* —Contuvo una leve sonrisa—. Es antes de lo que esperaba, pero no me importa tener una familia si es contigo.

Mis oídos empezaron a zumbar y la presión de mi pecho se hizo insoportable. Hundí mi cara en su pecho y empecé a negar frenética con la cabeza.

—Cariño —Me acarició la cabeza—. Lo digo en serio, me encantaría conocerla.

Sollocé más fuerte de lo que habría deseado.

—No puedes —Me sacudí—. No puedes porque ella esta muerta.

42

Logan

Las palabras de Sage me habían dejado una sensación fría bajo la piel que no parecía querer desaparecer.

Tras estar abrazados media hora más, casi en silencio. Sage había recobrado la compostura y, para cuando nos sacaron del ascensor, aparentaba una gran calma y normalidad.

Decidimos ir a su casa, cada uno en su coche, y el trayecto en soledad me dio para pensar en muchas cosas.

Aún había muchas incógnitas en el pasado de Sage y me moría por aclararlas todas. No era que me pudiera el morbo de saber por qué su marido estaba en la cárcel o cómo había muerto su hija, era porque necesitaba saberlo todo para no volver a sacar mis propias conclusiones erróneas y cagarla de nuevo.

Esta vez iba a hacer las cosas bien.

Cuando bajé de mi pick-up, Sage ya me estaba esperando en la puerta de su casa. Tiritaba de frío por su escasa ropa y me pareció que de pronto era más pequeñita y frágil.

Me acerqué a ella corriendo para que no pasara ni un segundo más a la intemperie y ambos entramos en su casa.

Phoenix me vino a ver y empezó a restregarse contra mis piernas.

—¿Te importa si me cambio de ropa? —Tuvo un escalofrío—. Necesito ponerme algo un poco más calentito.

Cogí a la gata en brazos y empecé a acariciarla.

—Puedes ponerte tu pijama de franela amarillo —bromeé—. A mí, me pareces preciosa con cualquier cosa que lleves.

Las mejillas de Sage se sonrojaron levemente mientras se alejaba de mí y me pareció adorable que después de todas las guarradas que habíamos hecho se pusiera colorada ante unas palabras bastante inocentes.

¿Cómo podía seguir enamorándome aún más de ella?

—Phoenix, estoy acabado —murmuré cerca de la cabeza de la gata antes de darle un beso y dejarla en el sofá.

Poco después, reapareció Sage vestida con su pijama amarillo y mi sonrisa se ensanchó en mis labios.

—¿Pedimos unas pizzas? —Ella se sentó en el sofá con el móvil en la mano.

—Por mí, perfecto —Me dejé caer junto a ella. Muy cerca.

Sage dudó un brevísimo instante, pero subió sus pies en el sofá y se arrellanó contra mí. Yo la rodeé con un brazo y la miré con atención mientras hacía la llamada para encargar nuestra cena.

Alargué el brazo para dejar mi taza de té vacía sobre la mesilla de café, junto a la caja de pizza vacía. Sage seguía entre mis brazos mientras veíamos un documental sobre un grupo de música británico.

—Dentro de unos meses, igual te haces tan famoso que te hacen un documental a ti —comentó ella despreocupada.

—No pretendo ser tan famoso —Pensé un segundo—. De hecho, preferiría sacar solo lo justo como para vivir sin muchas preocupaciones. Poder pagar del todo mi casa, quizás comprarme una moto y hacer algunas reformas en el refugio. No necesito nada más.

Ella me miró sonriente.

—¿No te gustaría una mega mansión como la de Eddie?

—Ni de puta broma.

Me plantó un beso en la mejilla y se acurrucó de nuevo contra mi pecho.

Sentí una calidez que se extendía por todas mis extremidades y la abracé más fuerte.

Ella soltó un suspiro casi inaudible.

—Logan…

—¿Mmm?

—Quiero divorciarme de Noah.

Mi corazón se saltó un latido. ¿Así que ése era el nombre de su futuro ex marido?

Lo odié al instante.

—¿Puedo pedirte un favor? —Jugueteó con su mano en el dobladillo de mi jersey.

—Por supuesto.

Ella me miró con los ojos brillantes.

—¿Me acompañarías?

Le di un ligero beso y le acaricié la mejilla con la punta de mis dedos.

—No tienes ni que preguntarlo.

Sage sonrió, pero sus ojos no mostraban alegría, más bien reflejaban miedo y sentí la necesidad de saber por qué. ¿Tan peligroso era Noah?

—Oye… ¿puedo saber por qué Noah está en la cárcel? —El regusto de su nombre en mi lengua fue amargo.

Ella llenó de aire los pulmones y se separó de mí, lo justo para sentarse con la espalda recta y su rostro mirando directamente al mío.

—No es una parte bonita de mi vida.

—Pero forma parte de ti —la tranquilicé—. Eres como eres ahora por todo lo vivido y no quiero que te olvides de que yo te quiero tal cual. Fuerte, valiente, independiente... obstinada y a veces con la boca un poco sucia.

Ambos soltamos una breve carcajada, que duró mas en mi boca que en la suya, que se puso seria.

Supe que Sage acababa de levantar una barrera, una protección a su alrededor para que la historia que estaba a punto de contarme le hiriera lo mínimo posible.

Entrelacé los dedos de mi mano con los suyos, para darle un poco de mi valor y sentí como su mano temblaba de una manera casi imperceptible.

Un sentimiento de protección hacia ella me invadió por completo y deseé que la historia no fuera demasiado terrible. Rogué para que el tal Noah no le hubiera hecho daño a Sage, porque de ser así quizás no haría falta un divorcio, sino un funeral.

Aunque por lo poco que sabía, por las marcas en la piel de Sage y su pánico encubierto, estaba seguro de que su relato iba a ser devastador.

43

Sage

Respiré un par de veces para reunir todo el valor que me fuera posible para desnudar mi alma completamente frente a Logan.

Aquello iba a ser una prueba de fuego.

Si después de escuchar mi horrendo pasado, él no salía corriendo y me seguía queriendo, sería yo la que se tatuaría todo el brazo con su nombre, con su foto y con sus datos médicos si era necesario.

Los ojos de Logan no se apartaban de mí, expectantes, pero con un pequeño brillo de nerviosismo.

Decidí no hacerle esperar más y soltarlo todo de una vez por todas.

—A pesar de que mi infancia la pasé en un pueblo a las afueras y en una humilde casita, para cuando llegué a la adolescencia, mi padre había emprendido un exitoso negocio y nos mudamos a la parte alta de la ciudad.

» Para mi hermano mayor y para mí, ése fue un cambio muy drástico. Pasamos de jugar en las calles tranquilas con otros niños a un lujoso club de tenis y a ostentosas fiestas, que poco tenían de diversión infantil.

» Mis padres, sin embargo, parecían haber nacido para aquel tipo de vida lujosa, y en muy poco tiempo se habían hecho un buen círculo de amigos influyentes que les abrieron muchas puertas, y todo prosperó aún más.

»Cuando mi hermano terminó la carrera de derecho, la fortuna de mi padre le aseguró un buen puesto en un bufete de abogados y, tranquilo por tener asegurado el futuro de su primogénito, fijó su objetivo en mí. Pero yo no encajaba allí, no era como mi madre, que amaba ir de compras, beber mimosas con el desayuno y hablar durante horas sobre el papel pintado de las paredes.

»Yo quería una vida auténtica, sin falsedades, sin tanta etiqueta y normas sociales que me asfixiaban. Pero mis padres ya habían planeado el resto de mi vida por mí. Querían que estudiara periodismo y ya tenían varios candidatos para ser mi futuro marido y estoy segura que mi madre ya estaba echándole el ojo a alguna suntuosa mansión que, sin duda, se encargaría de decorar por mí.

»Una noche, en una gala benéfica, le conocí. Noah era uno de los aparcacoches del museo donde se estaba celebrando la fiesta y, cuando me escapé para fumar a escondidas, se acercó a mí y estuvimos hablando durante un largo rato.

»Era guapísimo y rezumaba seguridad y espontaneidad por todos los poros de su piel, así que, sin darme cuenta, me enamoré y vi una oportunidad de, por fin, poder divertirme como correspondía a mi edad.

»Empecé a quedar con él en las fiestas en las que trabajaba. Me gustaba poder escabullirme de la multitud lujosa e irme a los garajes para fumar y beber con los chicos que, según las personas que vivían en mi mundo, eran de la peor clase social.

»Al poco tiempo, empecé a quedar sola con Noah, que me llevaba a su barrio, en la parte más conflictiva de la ciudad. Íbamos a fiestas, al cine y a veces a su casa.

»Yo tenía casi dieciocho años y no había vivido nada de nada.

Noah me lo enseñó todo. Las fiestas salvajes, el sexo, las drogas…

Logan se movió nervioso en el asiento del sofá y yo sabía perfectamente que aquella parte del relato le estaba haciendo daño. Me sentí mal.

Y aún no sabía lo peor.

—Tres meses después de empezar a salir con él, descubrí que me había quedado embarazada. Aquello me aterrorizó porque sabía que mis padres iban a matarme. Dejé radicalmente las drogas y el alcohol y se lo conté a Jasper, mi hermano. Pero él por aquel entonces era tan superficial o más que mis padres y literalmente me ignoró. Me dijo que aquello era mi problema y que ya era mayorcita para lidiar con ello.

»Me partió el corazón.

»Cuando Noah se enteró de mi estado me prometió amor eterno y me pidió que me casara con él. Aquello era un sueño hecho realidad para mí, quizás era todo muy prematuro, pero por aquel entonces deseaba formar una familia y estaba enamorada como una estúpida de él.

»A petición mía, Noah y yo fuimos a hablar con mis padres, para comunicarles las "felices" noticias. Obviamente, mi padre montó en cólera y a mi madre le dio un ataque de nervios y antes de que me diera cuenta me vi en la calle con una maleta con algunas pertenencias y repudiada por mi perfecta familia.

»Al principio no me importó, me dediqué a organizar junto a la prima de Noah una rápida y barata boda en el ayuntamiento, mientras él buscaba un trabajo un poco más estable que el de aparcacoches y un lugar donde vivir para nosotros solos y el bebé que venía en camino.

»Un mes después de la boda y cuando yo ya estaba finalizando mi primer trimestre, las cosas empezaron a torcerse.

»Noah apenas me hacía caso y ni mucho menos dormía en mi cama. No habíamos conseguido alquilar nada por nuestra cuenta, así que compartíamos piso con unos amigos suyos, entre los que estaba su prima.

»Cada noche se emborrachaba, consumían drogas y a veces hasta se lo montaban en el salón unos delante de otros. Empecé a sentir que aquello no estaba bien, pero para mi desgracia ya era tarde.

»Soy incapaz de recordar con exactitud cuando empezaron los maltratos, pero lo que al principio fueron insultos y reproches, poco después empezaron a ser empujones, bofetadas y…

El semblante de Logan se endureció.

—Quemaduras de cigarrillos —murmuró justo antes de abrazarme, protector.

Solté un suspiro y le acaricié la mejilla en señal de que estaba bien.

—Una noche, me empecé a encontrar mal, sentía unos pinchazos en mi bajo vientre y me asusté por si le estaba pasando algo al bebé, así que, creyendo que Noah estaba haciendo un turno doble en el supermercado en el que trabajaba, fui en busca de su prima para que me acompañara al hospital.

»Cuando entré en la habitación, pille a mi marido tirándose a su prima sin ningún tipo de discreción por su parte. Llevaban meses acostándose en frente de mis narices y yo era tan estúpida, y creía estar tan enamorada, que no lo había querido ver. Al igual que soportaba sus maltratos físicos con la excusa de que era yo la que había hecho algo malo y que en el fondo me lo merecía.

»Salí corriendo de aquella comuna de sexo y perversión y le robé la furgoneta a Noah. Sabía que él tenía un colchón en la parte trasera. Había sido allí donde yo había perdido la virginidad y en ese momento también supe que no había sido la única mujer en aquella sucia cama.

»A duras penas, estuve sobreviviendo allí sola. Comía en los comedores benéficos, me lavaba en los baños de las cafeterías cuando estaban llenas de gente y nadie se daba cuenta de que yo no había consumido nada.

»Poco después, la furgoneta se quedó sin gasolina y no pude moverla más, por lo que me vi obligada a quedarme varios días en el mismo aparcamiento. Entonces, una noche, justo el día después de mi cumpleaños, Noah me encontró.

»Estaba furioso de que me hubiera marchado con su preciado vehículo. Sus ojos estaban enrojecidos por el alcohol y las drogas. Se había pasado a la cocaína hacía poco y aquello hacía que sus movimientos fueran rápidos, ansiosos. Parecía un loco.

»A pesar de que le pedí que me dejara en paz, de que le juré que le devolvería la furgoneta y me iría lejos, empezó a pegarme, primero con las manos abiertas. Cuando mis piernas flaquearon, empezó a darme puñetazos y finalmente… —Tragué saliva intentando deshacer el nudo en mi garganta—. Finalmente, me empezó a dar patadas en el vientre hasta que empecé a sangrar.

»Cuando me di cuenta de que mi bebé estaba en peligro y empecé a gritar con las manos llenas de sangre, Noah pareció recuperar la cordura y me abrazó con sus fibrados brazos, llenos de tatuajes obscenos de demonios y llamas rojas.

»Supongo que ante mi desesperación o la cantidad de sangre que había por todas partes, él decidió déjalo estar y yo salí de allí como pude y me desmayé en medio de la calle.

»Creo que fue la dueña de una lavandería cercana la que llamó a una ambulancia. Me sabe mal no saber su nombre porque le debo la vida.

»Estuve en la unidad de cuidados intensivos una semana con una grave hemorragia interna y perdí a mi bebé, que poco después me informaron que iba a ser una niña.

Logan me estrechó entre sus brazos, mientras yo me secaba un par de lágrimas silenciosas que surcaban mis mejillas.

»Cuando salí del hospital, tardé varios meses en recomponerme de aquello. Estuve asistiendo a grupos de autoayuda con otras mujeres que habían perdido a sus bebés por culpa de maltratos a manos de sus parejas y poco a poco volví a ser algo parecido a mí misma.

»No volví a contactar con mis padres, sabía perfectamente que para ellos yo estaba muerta. Al fin y al cabo, alguien les tenía que haber avisado de que yo estaba en el hospital, pero nunca vinieron a verme.

»Una de las mujeres del grupo de autoayuda me dejó vivir con ella hasta que conseguí un par de trabajos y pude alquilar mi propio sitio. Poco a poco, fui ahorrando un poco de dinero y conseguí un préstamo universitario para cursar los estudios y cumplir mi sueño. Quería ser productora musical.

»Y bueno… llegué a ser la que soy ahora.

»Hace cinco años, me notificaron que Noah había ingresado en prisión por un robo a mano armada y por la posesión de drogas y la verdad es que me alivió saber que estaba entre rejas. Aunque no fuera por todo lo que me hizo a mí, al menos estaba cumpliendo una sentencia.

Logan se quedó en silencio durante unos minutos, mientras yo bebía un trago del té que quedaba en mi taza, que ya estaba frío.

—Cariño —Me miró con dulzura, pero con un puño apretado—. Gracias por contármelo.

Yo tenía miedo de mirarle a los ojos, por si ahora me veía de manera diferente.

—¿Me sigues queriendo a pesar de todo? —murmuré.

Logan se puso en pie y al instante se arrodilló frente a mí, entre mis piernas.

—Sage, ahora te quiero muchísimo más.

Le lancé los brazos al cuello y luego nos besamos sin prisa, disfrutando de nuestro contacto y entonces supe que por fin mi suerte había cambiado.

44

Logan

Las últimas semanas habían pasado muy rápidas entre conocer al hermano de Sage, que era menos estirado de lo que me había imaginado, y el trámite con los abogados para el divorcio de ella.

A pesar de todo, la notaba relajada y tranquila a mi alrededor. Era como si al contarme toda su historia se hubiera quitado un gran peso de encima, uno que la sumía en un pozo profundo y oscuro y ahora, por fin, estaba viendo la luz.

Estábamos a una semana escasa del lanzamiento de mi disco, pero a pesar de ello había acompañado a Sage a la otra punta del país para que le entregara en mano los papeles del divorcio a Noah.

Jasper, su hermano, se había ofrecido a hacerlo él como su representante legal, pero ella decidió coger el toro por los cuernos y enfrentarse a aquello a pesar del pánico que le daba.

La adoraba por aquello, su fortaleza y resiliencia eran maravillosas.

Así que ahora estábamos en una sala de visitas llena de familiares y tipos vestidos de naranja, esperando a Noah.

Mentiría si dijera que estaba tranquilo y que no tenía instintos asesinos hacia aquel malnacido, pero me había prometido a mí mismo ser todo lo contrario que él era. Yo no era violento, ni jamás había maltratado a Sage, ni pensaba hacerlo.

Así que me limité a quedarme al lado de ella, que de vez en cuando se mordisqueaba la uña del pulgar, ansiosa. No pensaba decir ni una sola palabra, como si fuera simplemente su guardaespaldas.

Cuando le vi entrar en la sala custodiado por un guardia, entendí las reticencias que había tenido Sage respecto a mí nada más conocerme. A excepción de los oscuros ojos negros, Noah y yo nos parecíamos bastante.

Teníamos casi la misma altura y complexión física, nuestro cabello era del mismo negro brillante y sus brazos estaban completamente tatuados.

Instintivamente, miré mi brazo derecho. Aunque el jersey que llevaba cubría por completo la tinta de mi piel, pude entender la aversión de Sage por ella.

Noah sonrió de medio lado y sentí un impulso de ponerme frente a mi novia. Peligroso se quedaba corto para describir a aquel tipo.

—Hola, muñequita —murmuró a Sage.

—Noah —se limitó a decir ella con un tono sereno.

Sabía que estaba usando todo su valor para fingir estar serena. Le cogí la mano por debajo de la mesa y ella me la apretó.

—¿Tu nuevo maromo? —Levantó una ceja y me miró un segundo.

—Vengo para que firmes los papeles del divorcio.

—Os vais a casar.

—No —sentenció ella—. Pero quiero romper vínculos contigo, para siempre.

Noah se pasó la lengua por sus dientes y me di cuenta de que le faltaban algunos. Seguramente a causa de las drogas.

—Mira, princesa, desde que estoy aquí he tenido mucho tiempo para pensar —Se pasó la mano por el pelo—. Creo que mi camino se ha desviado un poco.

"Un poco, dice" —pensé.

Noah percibió algo en mi cara y clavó sus ojos negros en los míos.

—Te firmaré los dichosos papeles si me dejas hablar con tu nuevo novio.

—No —dijo ella nerviosa—. Los firmarás y punto. Me lo debes… por ella.

Las uñas de Sage se clavaron en mi mano sin que se diera cuenta.

—O el morenito con pinta de supermodelo y yo hablamos o no hay trato, princesa.

Miré a Sage con una sonrisa calmada.

—Está bien, no pasa nada.

Sage me miró, con el pánico impreso en cada uno de sus rasgos, pero cuando le solté la mano, se alejó de la mesa para darnos intimidad.

Vi como se sentaba en unos bancos cerca de la puerta de salida, con las piernas cruzadas. Inquieta.

—Así que tú eres el que se la está follando ahora —soltó Noah a bocajarro.

—Y tú el que casi la mata con una paliza —contraataqué.

A Noah el comentario pareció hacerle mucha gracia.

—¿Qué eres un pijito que trabaja con el papá de Sage?

—No, soy músico.

—¡Coño! Un músico —Entrecerró los ojos y se acercó un poco a mí—. ¿Qué? ¿Tocas en la filarmónica?

Solté un suspiro prolongado.

—Si lo que te interesa es saber si provengo del mundo pijo de los padres de Sage, te diré que no y que tampoco me interesa. ¿Qué más quieres saber?

Noah miro a Sage durante demasiado tiempo para mi gusto y se relamió los labios.

—Sigue estando buenísima —silbó—. Me atrevería a decir que más que cuando la dejé preñada. ¿Lo sabías, no?

—Por supuesto —Cerré los puños debajo de la mesa.

—Me encantaba follármela, los ruiditos que hacía era… uffff, cosa fina —Sacó la lengua y se lamió lascivamente un par de dedos.

Mi pulso martilleaba en mis oídos y mis uñas empezaban a perforar mi piel, pero no iba a caer en el juego de aquel tipo, sabía perfectamente que me estaba poniendo a prueba y no iba a caer en su trampa.

—Joder, ojos azules… Tú no eres un tío violento, ¿eh?

—No.

La sonrisa de Noah se ensanchó y le hizo un gesto a Sage para que se acercara a nosotros de nuevo.

Cuando Sage se sentó a mi lado, nuestros hombros se rozaron y me calmé al instante. Tenerla cerca tenía ese efecto en mí.

—Dame los papeles —Noah alargo la mano.

Sage frunció el ceño pero no dudó en sacar de su bolso un sobre. Se lo ofreció a Noah junto con un bolígrafo.

Ella me dedicó una mirada de interrogación y yo me encogí de hombros.

Cuando Noah me devolvió los papeles, tardó un segundo en soltarlos, como si en el fondo no me los quisiera dar.

—Si el tío este te pone un dedo encima, házmelo saber —miró a Logan—. Yo ya te las hice pasar putas, así que ahora te mereces ser feliz, princesa.

Soltó los papeles y, sin decir nada más, se levantó y se marchó junto con uno de los guardias.

45

Sage

Las luces de colores iluminaban el enorme y suntuoso salón del hotel donde se estaba celebrando la fiesta de lanzamiento del disco de Logan. Había una cursi decoración llena de cupidos de papel brillante y corazones rojos, ya que Elsa lo había cuadrado todo para que fuera San Valentín.

Normalmente, odiaba aquella fiesta, me parecía que era un invento de los centros comerciales para que la gente se gastara una fortuna en regalos. Pero debía ser sincera conmigo misma y asumir que ese año, con Logan a mi lado, un poco de gracia sí que me hacía.

A diferencia de la fiesta de pre-estreno, ésta era cien veces mayor. Elsa había tirado de todos los contactos para que varios artistas famosos asistieran, entre cantantes, modelos, actores y un par de deportistas.

A pesar de todo, mi grupo de amigos se mantenía junto a nosotros, bebiendo cócteles de colores y bailando. Ya podía decir orgullosa que había aumentando el número de nuestro grupo a ocho contando con Logan.

Aquella noche, estaba guapísimo con un traje azul marino con ciertos brillos y una camisa de color negro desabotonada hasta el principio de sus pectorales.

Tenía ganas de llevármelo a casa y arrancársela como él lo había hecho conmigo.

Solté una risilla y él me miró con un punto de picardía. Sabía perfectamente que estaba pensando en algo indecente.

Mi hermano y mi cuñada también habían asistido a la fiesta. Obviamente la pequeña Emma estaba en casa con una canguro y ambos parecían estar disfrutando de una noche solo para adultos.

—Sagie —me llamó Jasper dejando de bailar un momento—. Hoy he hablado con mamá.

—No empieces —le advertí con cara de pocos amigos.

Mi hermano se acercó un poco más a mí con los ojos verdes llenos de pena.

—¿No les vas a perdonar nunca?

Recapacité un segundo, creando varios escenarios hipotéticos en mi mente y pensando en todo el daño que me habían hecho.

—Nunca es mucho tiempo —le dije con una sonrisa—. Tal vez, en un futuro, vaya a verles.

Mi hermano me abrazó y me besó en la frente.

—Esta vez, te prometo estar de tu lado, hermanita.

—Más te vale —le amenacé en broma.

De pronto, Evelyn y Elly tiraron de mí para que fuera a bailar con ellas y, dejándome llevar, empecé a mover las caderas al ritmo de la música.

Para cuando los zapatos de tacón me estaban matando, la fiesta había empezado a quedar vacía y parte de nuestros amigos ya se habían marchado.

Solo quedaban Liam y Elly, que parecían discutir sobre algún tema musical. Levanté las cejas y suspiré.

Si aquellos dos no se liaban pronto, el mundo implosionaría a causa de su tensión sexual no resuelta. Eran muchísimo peor que Logan y yo en nuestros peores tiempos.

Justo en ese momento, Logan se acercó por detrás, me cogió por la cintura y me besó en el cuello.

—Mira qué tengo —Balanceó una tarjeta dorada frente a mis ojos.

—¿Una llave de hotel?

—Concretamente, una llave de la suite más lujosa de este hotel, cortesía de Elsa para celebrar el lanzamiento.

Entrecerré los ojos.

—Empiezo a tener la sensación de que Elsa ha estado haciendo de celestina con nosotros.

Él se encogió de hombros y tiró de mí para llevarme fuera del salón de fiestas.

—Puede ser, pero sea como sea, no vamos a desperdiciarla.

—Si son órdenes de Elsa, se tendrán que cumplir —dije, juguetona.

Minutos más tarde y tras comernos a besos en el ascensor, esta vez sin que nadie le rompiera la ropa a nadie, entramos en la suite.

La estancia era más un piso de lujo que una habitación en sí. Estaba decorada en tonos blancos, dorados y tierra. Pero lo que más me llamó la atención fue el piano de color blanco que había en el centro del salón.

Un calor se instauró en mi entrepierna.

¿Es que ahora cada vez que viera un piano me pondría cachonda?

Logan me besó y me llevó hasta el piano con pasos deliberadamente lentos.

—¿Es que a caso ambos estamos desarrollando un fetiche raro con los pianos? —murmuré coqueta.

—Esta noche no —Se sentó en la banqueta—. Quiero tocar algo para ti.

Emocionada por un concierto privado de Logan, apoyé los codos sobre la brillante superficie del instrumento y me dispuse a escucharle.

Sus dedos empezaron a acariciar las teclas y una melodía que había escuchado una sola vez llegó hasta mis oídos. Era *Yellow*, la canción que había compuesto para mí, solo que esta vez la cantó con su voz roca y sensual, haciendo que todo mi cuerpo reaccionara.

Me acaricié el trébol colgado a mi cuello y sonreí.

La felicidad era de color amarillo.

Agradecimientos

Justo en el momento de terminar esta novela, se cumple un año desde que tomé la decisión de empezar a ir a terapia.

No me avergüenza decir que he pasado por momentos psicológicos bastantes complicados en mi vida, he tenido depresión durante dos años, un episodio de pánico que me duró una semana y he pensado en suicidarme.

Llegó un punto en mi vida en que quise tomar el control y aprender a gestionar de una manera sana todo lo que me pasó y lo que me pasaría en un futuro.

Así que empecé a ir a la psicóloga (¡mi maravillosa psicóloga!), simplemente por crecimiento personal y sin esperar nada.

Cuando me planteé la trama de esta historia, me di cuenta de que estaba poniendo un poquito más de mí que de costumbre y me propuse aplicar (un poco) las cosas que he ido aprendiendo en terapia.

Un día me di cuenta de una cosa muy divertida.

Sage, era mi yo antes de la terapia. Una chica con traumas en el pasado que ha superado a base de luchar y creer en un sueño para el futuro, pero que por el camino se olvidó de que pedir ayuda está bien y ahora es fuerte pero excesivamente independiente.

Luego estaba Logan, que era mi yo después de la terapia. Un

chico con traumas pasados que superó a base de echarle valor, pero que sabía mostrarse vulnerable y ayudar y dejarse ayudar por quien le quiere.

Me gustó la idea de que, en este mundo de fantasía, las representaciones de mis dos yos se pudieran ayudar y en parte creo que ha sido muy terapéutico para mí.

Justo en la última sesión que tuve con mi psicóloga, me estuvo preguntando sobre mi propósito en la vida, mi Ikigai, y le conté que yo vivo para escribir y dibujar, para contar historias con ello, pero que no es por el hecho de sacar una novela o un cómic por lo que creo mundos fantásticos, los creo porque siempre pongo un mensaje (o varios) y me gusta pensar que a veces con una frase, con una escena o con la historia al completo, puedo alegrar el día a una persona o tal vez sacarla de un momento muy oscuro por unos instantes.

Así que, si simplemente te he hecho sonreír y olvidarte de tus problemas con alguna de mis historias.

Gracias.

Gracias por hacer que mi motivo de vivir se haya cumplido.

Un abrazo.

Dianna.

Descubre la historia de Elly & Liam

Solo en AMAZON